마도천하

박현 新무협 판타지 소설

FANTASTIC ORIENTAL HEROES

魔道

天下

마도천하 5

박현 新무협 판타지 소설

초판 1쇄 찍은 날 § 2009년 1월 13일
초판 1쇄 펴낸 날 § 2009년 1월 23일

지은이 § 박현
펴낸이 § 서경석

편집장 § 문혜영
편집 § 서지현 · 문정흠

펴낸곳 § 도서출판 청어람
등록번호 § 제1081-1-89호
등록일자 § 1999. 5. 31
어람번호 § 제2-1658호

주소 § 경기도 부천시 원미구 심곡2동 163-2 서경B/D 3F (우) 420-822
전화 § 032-656-4452 팩스 § 032-656-4453
http://www.chungeoram.com
E-mail § eoram99@chollian.net

ISBN 978-89-251-1644-0 04810
ISBN 978-89-251-0759-2 (세트)

박현 新무협 판타지 소설

마도천하

FANTASTIC ORIENTAL HEROES

[거마효웅]

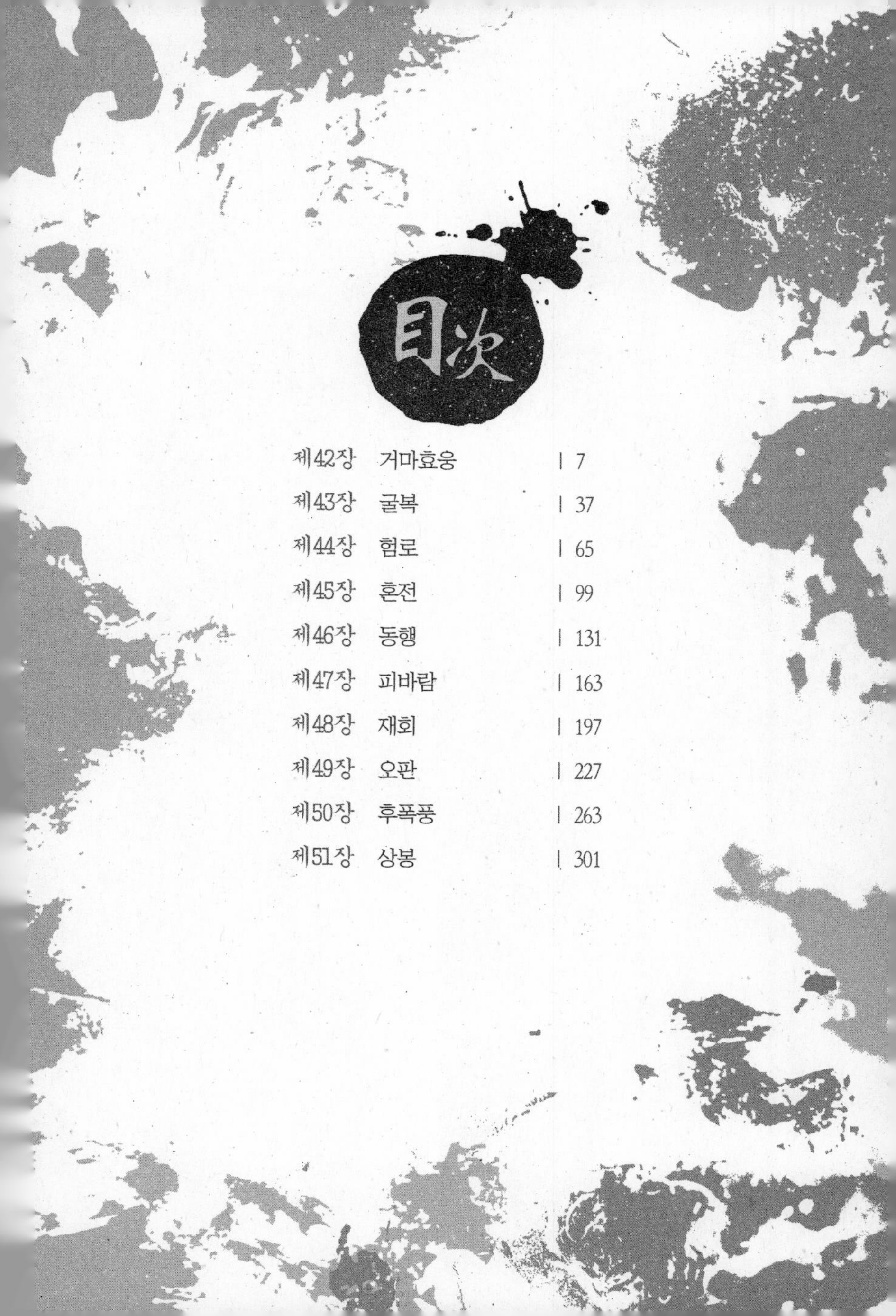

目次

제42장 거마효웅 | 7
제43장 굴복 | 37
제44장 험로 | 65
제45장 혼전 | 99
제46장 동행 | 131
제47장 피바람 | 163
제48장 재회 | 197
제49장 오판 | 227
제50장 후폭풍 | 263
제51장 상봉 | 301

거마효웅

魔道天下

대륙 북서쪽에서 남동쪽으로 우뚝 솟은 칼날 같은 산맥.

머리에는 만년설과 빙하를 이고 허리에는 찬바람과 운무를 두른 설산고봉(雪山高峰)들이 때 아닌 함성에 몸살을 앓고 있다.

고막은 물론이고 가슴까지 웅웅 울리는 마인들의 외침.

그 소리는 묵자후가 모두를 진정시킬 때까지 계속됐다.

묵자후가 손을 들자마자 뚝 그치는 함성.

'이런……! 내가 지금 뭐 하고 있는 거야?

강북사대흉인의 한 사람이자 잔혹방 방주인 사검 막청은 머쓱한 표정으로 주위를 둘러봤다.

아직도 흥분을 감추지 못하고 있는 수많은 마인들.

그중엔 자신과 의형제지간인 혈비도 괴랑도 포함되어 있다.

'저런 머저리 같은 놈!'

막청은 못 마땅하다는 눈빛으로 그를 쏘아봤다. 그러자 뭔가를 느낀 듯 움찔 고개를 돌리는 괴랑.

"한심한 놈! 분위기에 휩쓸리지 말고 정신 똑바로 차려! 계속 이 분위기로 가면 우리 모두 쪽박을 차게 돼!"

그러자 알겠다는 듯 고개를 끄덕이는 괴랑에게서 시선을 돌린 막청은 다시 한 번 주위를 살펴봤다. 과연 자기처럼 냉정을 유지하고 있는 이들이 몇이나 되나 싶어서.

그런데,

'이것 봐라?'

예상보다 많았다.

어림잡아 백 명 정도가 떨떠름한 눈빛으로 묵자후를 바라보고 있었다.

'역시 나처럼 젯밥에 관심 가진 놈들이 많군. 하긴 지존령이 보통 물건이라야지…….'

그러나 다들 마음이 편치 않아 보였다. 방금 전에 목격한 묵자후의 신위에 많은 충격을 받은 모양이었다.

'하긴 나조차도 가슴이 철렁 내려앉았을 정도였으니…….'

그러나 눈에 보이는 거라고 해서 모두 믿을 필요는 없다.

강호는 원래 편법과 술수가 난무하는 곳이니.

'놈이 보여준 신기(神技)도 마찬가지야. 사람들을 현혹시키는 잔재주에 불과하거나 눈사태가 좌우로 갈라지도록 미리 기관 장치를 설치해 뒀을 수도 있어…….'

물론 그럴 가능성은 희박했다. 이곳에 모인 마인들이 잔재주에 넘어갈 정도로 호락호락한 위인들도 아닐뿐더러, 이놈의 단결봉이 좀 높고 험한 곳이라야지. 때문에 누가 저 산봉우리에 기관 장치를 설치하려고 한다면 사람들에게 미친놈 소리를 듣거나 돈만 왕창 쏟아 붓고 알거지가 되고 말 것이다. 왜냐? 저렇게 까마득한 봉우리, 그것도 만년설이 두텁게 쌓인 산꼭대기에 올라가 기관 장치를 설치해 줄 장인(匠人)이 과연 몇 사람이나 되겠는가? 설령 있다고 한들 내공이 없으면 일 년도 못 가 얼어 죽고 말 것이니 애당초 불가능에 가까운 일이었다.

'하지만 이대로 그를 인정할 순 없다!'

그를 인정하는 순간 이제껏 키워온 알토란 같은 세력을 모두 갖다 바쳐야 하니.

'그렇겐 못해! 내가 어떻게 키운 세력인데!'

결국 지존령은 인정해도 묵자후는 인정할 수 없다는 게 사검 막청의 본심이었다.

'어디 보자… 저놈들 중에 나처럼 힘과 세력을 갖춘 놈들이 몇 놈이나 되나?'

대충 훑어보니 스무 명쯤 된다.

'우라지게 많군! 하긴 지저음부동의 동주나 귀곡탑의 탑주. 그리고 사망교의 교주 같은 놈들도 와 있으니. 그리고… 저자는 소문으로만 듣던 밀막(密幕)의 막주 같은데? 만약 저자가 정말 혈검 손계묵이라면 상황이 매우 재미있어지겠군. 그리고 저 미륵돼지는 또 누구야? 어디서 많이 보던 얼굴인데……. 설마 흡혈마동의 동주는 아니겠지?'

그렇게 한 사람씩 살펴보다 보니 문득 십여 장 건너편에 앉은 오독문주, 구주간마 반목륵이 보였다.

탐욕스런 눈으로 사방을 두리번거리며 끊임없이 입술을 달싹거리고 있는 승냥이처럼 생긴 작자.

보아하니 벌써 모든 판단을 끝내고 사전 정지 작업(整地作業)을 벌이고 있는 모양이다.

'흐흐. 반목륵, 이 비열하고 추악한 놈! 어디, 네놈은 누구랑 손잡았는지 한번 살펴봐 줄까?'

먼저 반목륵 옆에 착 달라붙어 눈웃음을 치고 있는 환요궁의 궁주, 귀귀마녀 오추혜는 당연히 포함될 테고…….

문제는 그들 좌우에 앉아 있는 막강한 기도의 괴한들이다.

'음? 설마 저놈이 기련혈마(祁連血魔)와 혈우검마(血雨劍魔)를 포섭했단 말인가?'

사검 막청은 자기도 모르게 안색을 굳혔다. 그도 그럴 것이, 기련혈마는 옛 철마성 시절부터 나름 강자로 손꼽히던 자였기 때문이다.

마정대전 당시, 오대세가 정예들에게 포위돼 장렬히 전사했다고 알려진 인물인데, 구사일생으로 살아남아 기련산 인근에서 몇 개의 마적단을 이끌며 세를 과시하고 있는 마인이었다.

그리고 혈우검마는 기련혈마를 훨씬 뛰어넘는 거물이었다.

마정대전 당시 그는 막강 무력 부대로 손꼽히던 단천호왕단(斷天虎王團)의 수석 대주 직을 맡아 정파 놈들과 끝까지 싸웠다고 알려진 인물이었다.

그때 입은 상처로 왼쪽 손목에 시커먼 갈고리를 박아 넣었지만, 아직도 그의 검(劍)은 도전자에게 붉은 피보라를 안겨주고 있었고, 산서 인근에서 활동하고 있는 낭인들이 그를 대형(大兄)처럼 따르며 존경심을 표시할 정도로 막강한 영향력을 행사하고 있는 초거물이었다.

그런 두 사람을 저 간특한 위인이 어떻게 포섭할 수 있었을까, 도저히 이해가 가지 않는 사검 막청이었다.

'뭐, 어쨌든 좋아. 굼벵이도 구르는 재주가 있다고 했으니……. 나 역시 그에 대한 대비를 해뒀으니 서로 막상막하, 결국 문제는 저놈들이란 말인데…….'

복잡하게 돌아가던 사검 막청의 시선이 향한 곳은 지저음부동과 귀곡탑, 그리고 밀막과 흡혈마동의 주인으로 추정되는 마인들이었다.

'저놈들 중 몇 놈은 십대마인의 직계 후손이라는 말이 있으니 일이 벌어지면 어떻게 나올지 궁금하군…….'

정파인들과 마인들, 심지어 사파인들과 낭인들까지 입을 모아 이야기하는 십대마인!

그 면면을 보면 오히려 십대마인이란 표현이 부족할 정도였다. 왜냐하면 십대마인의 수좌로 손꼽히는 이가 바로 옛 철마성의 성주인 철혈마제 곽대붕이었으니.

그리고 그 아래 서열이 바로 혈영노조를 비롯한 금옥팔마존과 마정대전 당시에 죽은 철마성의 집법원주, 환우혈마(寰宇血魔) 구자홍이었으니.

'아무튼 나야 상황을 봐가면서 움직일 작정이지만 저 주둥이만 산 놈은 곧바로 행동에 나설 모양이군. 어디, 놈이 어떤 방법으로 저 애송이를 요리하는지 한번 지켜봐 볼까?'

원래 입만 갖고 사는 자들은 절대 앞으로 나서지 않는다. 또한 행동으로 뭔가를 보여주는 경우도 없고, 오직 남을 충동질해서 이득만 취하려 한다.

반목륵 역시 마찬가지였다.

그는 오늘 모인 마인들 중 최강자로 보이는 마환존자(魔環尊者) 방천오(方天敖)를 충동질했다.

마환존자 방천오!

그는 마인이되 마인이 아닌 자였다.

혈야평에서 벌어진 최후의 결전, 마정대전이 벌어진 지 이틀 만에 커다란 사고를 치고 철마성에서 퇴출된 자였기 때문이다.

당시 그의 죄목은 명령불복종과 이적 행위.

그러나 실제 죄목에는 단주로서의 품위 손상 및 전(全) 마도인의 명예 실추 혐의가 추가되어 있었다.

사실 눈 깜짝할 사이에 생과 사가 오가는 격전지 한가운데서 품위나 명예를 따진다는 게 좀 우스운 일이었지만, 그의 행위는 의외로 그 죄목에 딱 맞아떨어졌다.

그가 이끌던 척후, 탐색 부대 암천야응단(暗天夜鷹團)이 작전 수행 과정에서 정파의 여제자를 사로잡아 집단으로 윤간한 뒤 죽여 버린 때문이었다. 더욱이 그녀의 신분이 하필이면 공동파 태상 장로가 애지중지하던 속가제자였고, 그녀의 시체를 유기하는 과정에서 정파 선발대에게 종적을 들켜, 작전이고 뭐고 몽땅 물거품이 되어버린 것이었다.

그 결과 암천야응단 대부분이 목 잃은 시체가 되어 황량한 들판에 버려지게 되었고, 본대의 위치마저 노출되어 한바탕 곤욕을 치르게 되었다.

그렇게 어이없는 사고를 치고 돌아온 마환존자 방천오.

만약 그의 공로가 조금만 적었더라면 그는 노발대발한 혈영노조에 의해 그날로 참수당하고 말았으리라.

하지만 이때까지 그가 세운 공로가 워낙 많았기에, 그리고 당시만 해도 혈영노조와 은근히 대립각을 세우고 있던 음풍마제와 집법원주 구자홍 등이 나서서 그를 비호해 준 덕분에 겨우 목숨만은 건질 수 있었다.

그러나 마정대전 도중인데도 그날로 직권 파면당하고 수하들이 지켜보는 가운데 혈영노조의 장력에 맞아 엉금엉금 기면서 쫓겨났으니 그 심정이 어떠했겠는가?

오늘 이 자리에 나타난 이유도 아마 당시의 애증과 원한이 교차했기 때문이리라. 그래서 마등을 올린 사람이 누구일까, 가능성은 희박하지만 혹시 혈영노조나 그 일당들이 아닐까 싶어 반목륵과 손을 잡은 모양이었다.

스윽!

연이은 부추김에 자신감을 얻었을까?

마환존자 방천오가 천천히 자리에서 일어났다.

그가 일어서자 모두의 시선이 집중됐다.

마환존자는 모두의 시선을 만끽하며 느릿하게, 그러나 오만한 목소리로 묵자후를 강하게 몰아붙였다.

"그대는 누군가? 누구기에 감히 우리의 지존임을 자처하는 것인가? 고작 쇠 쪼가리 하나 지녔다고 해서 지존이라고 우기면 우리가 군말없이 그대를 따를 줄 알았던가?"

그 말에 몇몇 마인들이 동요했다.

특히 옆 사람과 귀엣말을 나누며 웅성거리는 마인들을 보고 구주간마 반목륵은 회심의 미소를 지었다.

반목륵이 다시 입술을 달싹이자 이번에는 청면수(靑面獸)라는 자가 일어났다.

"만약! 구대문파나 오대세가, 혹은 영웅성 놈들이 지존령을 들고 나타났다면 그가 지존령을 들고 있다고 해서 우리 모두의 지존이 될 수 있겠는가? 그게 아니라면 우리는 마땅히 저자의 정체부터 알아내야 할 것이다!"

그가 쩌렁쩌렁한 목소리로 외치자 마인들의 동요가 한층 심해졌다.

'옳거니!'

사검 막청은 자기도 모르게 무릎을 쳤다.

'역시 간마(姦魔)라는 별호에 어울리게 잔머리 하나는 끝내주는군. 혓바닥에 기름칠을 한 듯 많이도 들쑤셔 놨어!'

그가 반목륵을 보며 감탄하고 있을 때였다.

"후후, 고작 쇠 쪼가리 하나라고?"

묵자후가 혼잣말하듯 중얼거렸다.

"대장로께서는 이걸 빼앗기지 않으시려고 당신 이마를 잘라 그 안에 보관하셨지. 그런 소중한 물건을 한낱 고철덩어리로 취급한단 말인가?"

아주 조용한 목소리였다.

하지만 그 목소리가 모두의 귀에 이르자 천둥소리보다 더 크게 울려 퍼졌다. 때문에 마인들이 모두 귀를 틀어막으며 괴로워할 때 묵자후의 음성이 다시 들려왔다.

"그리고, 내 정체를 알아내야 한다고? 후후, 우습군. 마등의 존재를 아는 사람은 철혈의 법을 따르기로 맹세한 사람들뿐. 그러나 모두 마등이 어떻게 생겼는지는 알아도 마등을 어떻게 만들어야 하는지, 어디에 달아야 하는지는 아는 사람은 아무도 없지. 왜냐? 마등의 제작 방법과 마등을 거는 위치는 오직 철혈의 법에 따라 지존위에 오른 사람만이 알 수 있으니. 그런데!"

묵자후가 돌연 안광을 돋웠다.

"네놈들이 감히 지존령을 무시하고 내 권위를 의심하려 든단 말이냐?"

그 말이 끝나기 무섭게 묵자후의 전신에서 엄청난 마기가 폭사됐다. 동시에 허공을 격하며 휘두르는 가벼운 손짓.

그 결과는 결코 가볍지 않았다.

꽈르르릉!

고막을 울리는 뇌성벽력음과 함께 묵자후의 장심 부근에서 무시무시한 기파가 뻗어 나온 것이었다.

"헉!"

"크흡?"

마환존자와 청면수는 대경실색하여 급히 묵자후의 기파에 맞섰다.

그러나,

퍼퍼퍼엉!

"으아악!"

"크헉!"

땅거죽 뒤집히는 소리와 함께 두 사람의 비명이 흘러나왔다.

묵자후가 날린 기파에 격타당해 일곱 걸음 뒤로 물러난 마환존자.

그는 피를 울컥울컥 토하며 바닥에 무릎을 꿇었다. 하지만 청면수는 묵자후의 일장도 받아내지 못한 채 그 자리에서 즉사하고 말았다.

특히, 묵자후의 장력에 안면을 강타당해 눈알이 터져 나가고 콧등이 으스러지는 등, 얼굴 전체가 피범벅으로 변해 바닥에 널브러져 버린 청면수의 시신을 보고 모두 경악한 표정으로 입을 쩍 벌렸다.

구주간마 반목륵이나 사검 막청 등도 예외는 아니었다.

'으으, 저 애송이의 공력이 벌써 화경에 이르렀을 줄이야……!'

방금 묵자후와 마환존자 사이의 거리는 무려 오십 장에 달했다. 더구나 청면수는 마환존자와 대각선 방향으로 한참 떨어진 거리에 서 있었다.

그런데 손짓 한 번으로 두 사람 모두에게 치명적인 타격을 가해 버리다니.

도무지 상상이 가지 않는 무위였다. 그러다 보니 두 사람을 부추긴 반목륵은 물론이고, 그 옆에 있던 귀귀마녀나 기련혈마, 심지어는 혈우검마까지도 불신 어린 표정으로 눈을 부릅뜨고 있었다.

하지만 마환존자는 달랐다.

'크으! 내가 저깟 애송이에게 밀리다니……!'

자존심 상한 표정으로 그는 다시 몸을 일으켜 세웠다.

이제 장내에 서 있는 사람은 마환존자뿐.

다른 사람들은 모두 묵자후의 무위에 질려 고개를 푹 숙이고 있었다. 그 바람에 묵자후의 시선은 자연스럽게 마환존자에게로 향했다.

'으으…….'

마환존자는 순간적으로 가슴이 덜컥 내려앉는 기분이었다.

저 섬뜩한 안광이라니!

흡사 왕년의 철혈마제나 혈영노조를 대하는 것 같지 않은가?

'이런! 내가 저 애송이에게 겁을 먹었단 말인가?'

마환존자는 얼른 고개를 흔들었다. 놈의 시선을 대하니 자꾸 위축되는 기분이 들어 아예 눈을 마주치지 않으려는 의도였다.

그런데 이상했다.

마치 천적을 만나기라도 한 듯 도저히 눈을 뗄 수가 없었다.

'으으……'

시간이 흐를수록 점점 눈이 아파왔다.

견디다 못한 마환존자는 내공으로 눈을 보호하며 억지로 시선을 돌리려 했다. 그때 묵자후의 음성이 들려왔다.

"내 오성 공력이 실린 장력을 막아내고 섭혼공을 견딘다? 그대는 누군가?"

순간, 마환존자는 그 자리에서 딱 굳어버렸다.

'그, 그게 오성 공력에 불과하다고……?'

흡사 날벼락을 맞은 듯한 기분이었다. 그래서 일시지간 대답을 못하고 멍하니 서 있자 묵자후 옆에 있던 희사가 귀엣말로 마환존자에 대해 설명했다. 그러자 묵자후의 눈빛이 얼음장처럼 차갑게 변해갔다.

"알고 보니 쓰레기만도 못한 인간이었군. 넌 이곳에 있을 자격이 없다!"

묵자후의 손이 다시 바람을 갈랐다.

조금 전처럼 허공을 격한 손짓이었지만 그 결과는 판이하게 달랐다.

묵자후와 마환존자 사이에 있는 공간이 일제히 뒤틀려 나가며 무시무시한 손 그림자가 나타나 마치 파리를 튕기듯 마환존자의 몸을 강타해 버린 것이다.

"끄아아아아……."

처절한 비명을 지르며 허공으로 붕 떠오른 마환존자.

그의 몸이 긴 포물선을 그리며 계곡 아래로 추락해 갔다.

아스라한 비명 소리가 메아리를 울리다가 차츰 귓전에서 사라져 가자 장내에 있던 이들은 일제히 숨을 죽였다.

단 두 번의 손짓으로 마환존자를 황천으로 보내 버린 묵자후.

마인들은 하나같이 충격과 공포에 휩싸였다. 묵자후를 호위하고 있던 신품귀수 냉희궁이나 독심객들 역시 마찬가지 표정이었다.

소혼파파 두낭랑이 임종할 때 묵자후의 무위를 지켜본 희사는 그나마 나았지만, 지존령만 보고 묵자후를 지존으로 받아들인 냉희궁이나, 냉희궁의 태도를 보고 묵자후를 지존으로 모신 독심객들은 연이은 묵자후의 신위에 뛰는 가슴을 억누르느라 애를 먹었다.

반면 사검 막청이나 구주간마 반목륵 등은 엄습해 오는 절망감을 억누르기 위해 애를 먹었다.

그렇게, 모두 충격과 공포를 소화시키기 위해 진땀을 흘리고 있을 때, 묵자후의 표정이 소리없이 일그러졌다.

'으음…….'

마환존자를 처치하기 위해 너무 무리한 때문일까?

강호에 출도한 이래 처음으로 단전이 쿡쿡 쑤셔왔다.

사실 방금 전에 펼친 수법은 엄청난 공력이 소모되는 무공이었다.

묵자후가 지존령을 통해 깨달은 비격탄섬참화류!

그 일곱 가지 요결 중 격(擊)자결과 탄(彈)자결, 그리고 화(化)자결을 동시에 운용한 것이었으니.

묵자후가 그렇게 무리하면서까지 마환존자를 처치한 이유는 다름 아닌 마인들의 기세를 단숨에 꺾어놓기 위해서였다.

천금마옥에서 희대의 거마들과 함께 생활하면서 자연스럽게 깨달은 사실. 기세가 강한 사람에게는 한 수 위의 무공을 가진 사람도 은연중에 위축되고 말더라는 사실을 체득한 때문이었다.

묵자후가 이곳 단결봉으로 올 때, 백 명의 시동과 백 명의 시녀, 백 명의 가마꾼과 백 명의 호위를 동원하겠다고 한 희사를 크게 나무라지 않은 이유도 바로 그 때문이었다. 또한 눈사태가 일어났을 때 전신 공력을 발휘해 탄(彈)자결을 운용한 이유도 바로 그 때문이었다.

하지만 아직도 마음속으로 불복하는 이들이 있을 것이다.

'굳이 그들까지 껴안을 필요는 없다.'

철마성이 왜 무너졌던가?

혈영노조나 음풍마제는 천마의 유진에 눈이 먼 성주 부인 때문이라고 했지만 묵자후는 그렇게 생각하지 않았다.

그녀의 파렴치한 짓도 패배의 한 요인이 될 수는 있겠지만, 그보다 근본적인 이유는 칠대마가의 인물들이 각기 다른 마음을 품었기 때문이라고 생각했다.

만약 그들이 천마의 무공에 눈독 들이지 않고 하나로 뭉쳤다면 현 강호를 주름잡고 있는 건 영웅성이 아니라 철마성이었을 테니.

따라서 겉으로 고개를 숙이고 속으로 딴마음을 품는 자들은 애초부터 쳐내는 게 낫다.

"다들 나에 대해 궁금한 점이 많을 것이라 생각한다. 나 역시 그대들에게 궁금한 점이 많다. 그러나 그 부분은 차차 알아가기로 하고, 우선!"

묵자후는 칼날 같은 눈빛으로 반목륵을 쳐다봤다.

'헉! 저놈이 왜 나를……?'

반목륵은 깜짝 놀라 어깨를 움찔 떨었다. 그러나 심장이 바짝 오그라드는 느낌을 받으면서도 억지로 그 시선을 받아냈다. 그러자 묵자후의 시선이 옆으로 이동했다.

'으헉!'

이번에는 사검 막청이 기겁했다.

무자비하고 잔혹한 손길로 감숙 남서부 지방을 주름잡는 잔혹방 방주답지 않게 그는 간이 콩알만 해져서 급히 고개를 숙여 버렸다.

그 후로도 묵자후의 시선은 여기저기로 옮겨갔다. 그때마다 마인들은 어깨를 움찔 떨거나 자라목이 되어 묵자후와 눈을 마주치지 않으려고 애썼다.

이윽고 묵자후가 다시 말을 이어나갔다.

"지금 이 자리에 있는 모두에게 경고하겠다. 이 시간 이후부터 지존령에 불복하는 자, 그 권위에 도전하는 자는 철혈의 법에 따라 모두 응징하겠다! 그러니 지존령을 따르기 싫은 자, 그 권위에 무릎 꿇기 싫은 자는 지금 앞으로 나서라. 그대들에게 마지막 기회를 주겠다!"

그 말이 끝나는 순간 장내에 숨 막힌 정적이 흘렀다.

이 상황에서 누가 과연 지존령을 거부하겠다며 앞으로 나설 것인가?

그리고 앞으로 나서면 후환은 없을 것인가?

모두 그런 생각으로 좌우를 훔쳐봤다. 혹시 누구라도 먼저 나서는 사람이 있는가 싶어서.

'후읍…….'

사검 막청은 자기도 모르게 심호흡을 했다.

묵자후의 경고가 꼭 자기를 향한 것 같아 등에 소름이 돋았다.

'푸아, 정말 보통내기가 아니로군. 설마하니 먼저 선수를 치고 나올 줄이야……!'

기분이 매우 더러웠지만 이제는 인정할 수밖에 없다.

저 지존이라고 자처하는 녀석은 절대 만만한 애송이가 아니다. 마치 산전수전 다 겪은 능구렁이처럼 기세를 꺾을 줄도 알고 상황을 자기 쪽으로 몰아갈 줄도 안다.

'결국 결정을 내려야 한단 말이지……?'

마음 같아서는 좀 더 상황을 지켜보고 싶었다.

하지만 놈이 막다른 길로 몰았으니 어쩔 수 없다.

'조금 찜찜하긴 하지만 어쩌겠어? 용 꼬리보다는 뱀 머리가 되는 게 훨씬 나을 테니…….'

사검 막청은 엉거주춤 자리에서 일어났다.

묵자후가 자기 입으로 마지막 기회라고 했으니 설마 죽이기야 하겠냐 싶어 용기를 낸 것이었다.

사검 막청이 자리에서 일어서자 다른 마인들도 쭈뼛쭈뼛 자리에서 일어났다.

다들 제사보다 젯밥에 관심이 많던 자들.

그 젯밥을 손에 넣을 수 없게 되자 하나둘 자리에서 일어나기 시작한 것이다.

반목륵도 그중 한 사람이었다.

그는 귀귀마녀와 눈짓을 주고받다가 슬그머니 자리에서 일어났다.

혈비도 괴랑도 마찬가지였고, 사망교의 교주나 적사묘의 묘주 등도 같은 대열에 합류했다.

그런데 예상외로 기련혈마와 혈우검마가 움직이지 않았다.

또한 밀막의 막주나 흡혈마동의 동주, 환영문의 문주 등도 움직이지 않았다.

결국 지존령을 거부하겠다고 나선 사람은 강북사대흉인을 비롯한 열다섯 문파의 주인들.

각자 서너 명의 호위를 데려온 사람도 있었으니 인원수로는 오륙십 명쯤 됐다.

예상보다 훨씬 적은 인원이었지만, 구주간마 반목륵은 오히려 남아 있는 사람들을 비웃었다.

'후후, 바보 같은 놈들. 모두 저 애송이에게 혼이 나간 모양인데, 조금만 기다려 봐. 곧 땅을 치며 후회하게 될 테니…….'

득의만만한 표정으로 입꼬리를 말아 올리는 반목륵.

그의 소맷자락에서 뭔가가 꿈틀거리고 있었다.

묵자후는 묵묵히 반목륵 등을 지켜봤다.

자기 눈치를 살피면서도 슬금슬금 앞으로 나아오는 자들.

하나같이 사악하고 흉포한 느낌이 가득했다.

'저런 놈들을 한때나마 수하로 거느리셨다니, 숙부님들이 알면 우시겠군…….'

빛나던 마도의 자존심은 허상에 불과했던가.

지존령을 거부하겠다며 자기들끼리 씩 웃는 모습을 보니 속에서 천불이 났다.

그러나 어쩌겠는가.

지금이라도 저런 놈들을 솎아낼 수 있으니 다행이라고 여길 밖에. 쭉정이와 알곡이 섞여 있으면 알곡까지도 상해 버리고 마니까.

"여기 있는 사람들이 전부인가? 거듭 말하지만 지금이 마지막 기회다. 이 시간 이후부터는 모두에게 철혈의 법이 적용될 테니 지존령을 따르기 싫은 사람은 지금이라도 앞으로 나서라."

생각보다 적은 인원이 나섰기에 묵자후는 모두에게 한 번 더 기회를 줬다. 그러자 그 말을 기다렸는지 몇 사람이 더 자리에서 일어났다.

그중 모두의 시선을 사로잡는 이들이 있었다.

기련혈마와 혈우검마였다.

반목륵의 좌우에서 범상치 않은 기파를 흘리던 자들이라 묵자후의 시선도 잠깐 그들을 향했다.

그때 반목륵이 은밀히 소맷자락을 움직였다. 동시에 귀귀마녀가 몇 걸음 이동해 묵자후의 시선을 가리더니 기묘한 목소리로 기련혈마와 혈우검마에게 교태를 부렸다.

"아잉, 오라버니들. 아까 나가자고 할 땐 뭐 하시고 지금 일어서시는 거예요?"

비릿한 콧소리를 내며 엉덩이를 흔드는 그녀.

고요한 정적 가운데 흘러나온 색기 어린 행동이라 좌중의 시선이 단번에 그녀에게 집중됐다. 그 틈을 노렸는지 반목륵의 소맷자락에서 뭔가가 툭 떨어져 내렸다. 동시에 귀귀마녀의 허리 부근에 매달려 있던 사향 주머니에서도 뭔가가 흘러나오기 시작했다.

'흐흐, 남만(南蠻)에서 구입한 천년오공과 서장(西藏)에서 구입한 무형산공독(無形散功毒)이다. 저 두 가지면 설령 뇌존이라 하더라도 즉사하고 말 터. 어디, 모두 지켜보는 가운에 황천길로 유람이나 떠나거라!'

반목륵의 입가에 득의의 미소가 흘렀다.

그가 쾌재를 부르는 이유.

천년오공은 말 그대로 천 년 이상 묵은 지네를 말한다.

천하 독물 순위 십이위에 올라 있는 끔찍한 독물이다.

그리고 무형산공독은 형체도 없이 공력을 무력화시켜 버리는 독을 말한다.

다른 산공독은 공력만 없애 버리지만 무형산공독은 공력을 없앰과 동시에 오장육부도 썩게 만든다. 그러니 저 두 가지에 중독되면 그 어떤 고수라도 즉사하고 만다.

'끔찍한 물건들이지. 미리 해독단을 복용한 나와 귀귀마녀도 안심할 수 없을 만큼.'

그나마 무형산공독은 어떻게 견뎌낼 수 있을지 모른다.

이렇게 강풍이 부는 곳에서 사용할 줄 몰랐기 때문이다.

그래서 궁여지책으로 기련혈마와 혈우검마를 뒤에 남겨

놈의 시선을 끌게 만들었다. 그리고 그 틈을 이용해 귀귀마녀가 색혼공을 펼치며 접근, 자연스럽게 무형산공독을 하독하고 있는 것이다.

'조금 번거로운 과정을 거쳤지만, 천년오공이라면 이미 끝난 목숨이지. 흐흐흐.'

반목륵은 묵자후를 향해 뽈뽈 기어가고 있는 천년오공에게 모든 기대를 걸고 있었다.

어찌나 독성이 강한지 새까만 윤기가 좔좔 흐르는 손바닥만 한 지네.

그놈이 빠른 속도로 묵자후에게 접근하고 있었다.

그런데,

'얼레? 저놈이 갑자기 왜 저래?'

천하에 두려울 게 없다던 천년오공이 갑자기 경기를 일으키며 우왕좌왕하기 시작했다.

'어서 가! 가서 놈을 물어버리란 말이야, 쉬쉬!'

당황한 반목륵이 남만 묘족에게 배운 신호를 연거푸 보냈지만 그는 아직도 상황을 잘 이해하지 못하고 있었다. 묵자후가 이미 천년오공의 할아버지뻘인 만 년 묵은 지네, 만년오공의 독을 섭취했었다는 사실을.

때문에 고작(?) 천 년밖에 안 묵은 천년오공은 묵자후에게서 흘러나오는 만년오공의 체취에 놀라 잔뜩 겁을 집어먹고 있었다.

그런데 계속해서 묵자후를 공격하라고 재촉해 대니 공포에 떨다 못한 천년오공, 오히려 방향을 틀어 반목륵 쪽으로 기어오기 시작했다.

"어, 어? 이놈, 이놈이 왜 이래? 저리 가! 저리 가란 말이야! 으악!"

사색이 되어 펄쩍 뛰는 반목륵.

그러나 천년오공은 그 말을 무시하고 시커먼 턱다리를 벌려 반목륵의 발을 콱 깨물어 버렸다.

"끄아아아악!"

눈 깜짝할 사이에 흙빛으로 변해 버린 반목륵.

처절한 비명을 지르며 급히 독을 차단하려 했지만 이미 늦어버렸다. 어느새 심장으로 침투한 독이 그의 전신을 녹여가기 시작한 것이다.

"끄으… 반나절, 반나절만 기다리면 되는데 그놈의 공명심 때문에… 끄으으, 꼬르륵……."

결국 이해 못할 말을 중얼거리며 한줌 독수(毒水)로 녹아버린 반목륵.

귀귀마녀와 혈우검마 등은 그 모습을 보고 심장이 목구멍 밖으로 튀어나오는 기분이었다.

다른 사람도 아닌 오독문의 문주가 독물에게 물려 죽다니?

기사(奇事)도 이런 기사가 없다.

더구나 자신들을 꼬드긴 반목륵이 죽어버렸으니 이제 어

찌 행동해야 하는가. 특히 그의 술수에 넘어가 만성독약을 복용했었으니 이제 무슨 재주로 그 독을 해독할 수 있단 말인가?

암담한 표정으로 떨고 있는 사람은 그들만이 아니었다.

사검 막청을 비롯해 앞쪽으로 나와 있던 스무 개 문파, 팔십여 명의 마인들도 공포에 떨고 있었다.

다들 반목륵이 죽어가면서 내뿜은 독기에 노출되어 버린 때문이었다. 게다가 저 무시무시한 독물이 눈앞에 떡 버티고 서 있으니 다들 오도 가도 못한 신세가 되어 오금만 덜덜 떨고 있었던 것이다.

뒤쪽에 있던 마인들도 공포에 떨기는 마찬가지였다.

모두 천년오공에게 중독될까 봐 숨소리도 내지 못하고 조심조심 뒤로 물러나고 있었다.

그런데 이런 상황을 유발한 천년오공은 의외로 제자리에 앉아 꼼짝도 하지 않고 있었다. 새빨간 눈알을 데굴거리며 묵자후의 눈치를 살피기에 여념이 없었던 것이다.

묵자후는 그 모습을 보고 피식 웃으며 녀석에게 손을 내밀었다.

"기특한 녀석이군. 이리 와봐."

그 말이 떨어지자 사면령을 받은 사형수처럼 신나게 달려온 천년오공.

마치 주인에게 아양 부리듯 묵자후 앞에서 허리를 꼬물거리기 시작했다.

묵자후는 흐뭇한 표정으로 그 모습을 지켜보다가 손가락으로 녀석의 등을 쓰다듬어 준 뒤 소맷자락 안으로 쏙 집었다.

'헉!'

'저, 저, 저런!'

마인들은 당연히 대경실색했다.

특히 희사는 울상이 되어 덜덜 떨며 애원했다.

"지존, 어서 그놈을 떨쳐 버리세요. 혹시 물리면 어쩌시려구요?"

겁에 질려 발을 동동 구르는 희사.

그러나 묵자후는 어깨를 으쓱해 보였다.

"물려도 상관없소. 그리고 이놈은 평소엔 독기를 흘리지 않으니 그리 무서워하지 않아도 되오."

"예에? 그, 그걸 어떻게 장담하시는지……?"

"옛날에도 이런 놈과 놀아본 적이 있어서 잘 아오. 아마 이놈보다는 천 배 정도는 더 큰 놈이었을걸?"

그러면서 슬쩍 손가락을 깨물어 피를 내는 묵자후.

"꺄악! 지존?"

희사가 놀라 비명을 질렀으나 묵자후는 태연한 기색으로 다른 손을 내밀어 산봉우리 위에 두텁게 쌓여 있는 눈뭉치를 빨아들이기 시작했다.

극에 달한 허공섭물(虛空攝物)!

그 모습을 보고 모두 또 한 번 놀라는 가운데, 묵자후는 요술을 부리듯 허공에서 눈뭉치를 녹여 손가락에서 흘러나온 핏물과 섞이게 만들었다. 뒤이어 희사와 냉희궁 등에게 입을 벌리라고 한 뒤, 자기 피가 배인 물방울을 그들의 입 안에 튕겨 넣어줬다.

'……?'

모두 의아해했지만 묵자후는 길게 설명하지 않았다.

"해독제요. 공력에도 도움이 될 테니 나중에 운기해 보도록 하시오."

그 말과 함께 고개를 돌려 귀귀마녀를 쳐다보는 묵자후.

이제 귀귀마녀는 혼이 구만 리 밖으로 달아나는 기분이었다.

'설마… 무형산공독마저 처리해 버렸단 말인가?'

사색이 되어 안절부절못하는 귀귀마녀.

하긴 무형산공독에 중독되었다면 방금 전과 같은 허공섭물은 절대 펼칠 수 없었을 터.

이제부터 그의 분노를 감당해야 한다고 생각하니 눈앞이 캄캄했다.

'그러나 반나절만 버티면 돼. 어떻게든 반나절만……!'

속으로 중얼거리며 귀귀마녀는 급히 색혼공을 운용했다.

남자라면 어느 누구도 헤어날 수 없는 환락탈백소(歡樂奪

魄笑)!

그 요염한 미소가 그녀의 입가에 피어오르기 시작했다.

그러나,

"역겨우니까 그만 웃어, 아줌마."

그 말 한마디에 귀귀마녀의 자존심이 와르르 무너져 내리고 말았다.

굴복

魔道天下

결과론적인 이야기지만, 묵자후는 무형산공독에 아무 영향도 받지 않았다.

이미 만년오공과 화령신조의 영기를 취해 만독불침지체나 다름없는 몸이었으니 중독되고 싶어도 중독될 수 없었던 것이다(그럼에도 불구하고 희사나 냉희궁 등을 염려해 무형산공독이 하독되는 순간 접인신공(接引神功)을 펼쳐 모두 흡수해 버렸고 자기 피까지 먹여주었다).

또한 환락탈백소에도 전혀 영향을 받지 않았다.

이미 열두 살 때부터 다정마도 양휘옥에게 색공을 전수받은 묵자후였으니, 거기다 천상우물(天上尤物)*의 염기(艷氣)를

* 천상우물(天上尤物):천상의 미모를 지닌 여인.

타고났다는 마도요화 금초초의 피를 이어받은 묵자후였으니 색공이라면 강호의 전설이라는 화화공자(花花公子) 막우생에 못지않았다.

따라서 마도명부록 서열 백위권에 겨우 턱걸이하는 귀귀마녀의 색혼공쯤이야 어린애 장난 축에도 들지 못했다.

아니, 오히려 재미 삼아 색공으로 반격을 가할까 하다가 그만둔 묵자후였다.

저런 느끼한 아줌마가 자기를 쫓아다니면 평생 소름이 돋을 것 같아서…….

대신 묵자후는 다른 방법으로 그녀에게 응징을 가하기로 했다.

원래 귀귀마녀 같은 요녀들은 색공과 얼굴이 주무기.

특히 채양보음술(採陽補陰術)과 주안술(朱顔術)로 젊음을 유지해 남자들을 파멸의 구렁텅이로 이끈다.

'그렇다면……!'

묵자후의 손가락이 하얀빛을 토했다.

'크흡!'

흡사 벼락을 맞은 듯 눈을 동그랗게 뜨는 귀귀마녀.

그녀의 비명 소리가 듣기 싫어 먼저 아혈부터 막은 묵자후는 연이어 그녀의 단전을 폐쇄해 버렸다.

'꺄아아아악!'

입 밖으로 비명도 못 지르고 제자리에서 펄쩍펄쩍 뛰는 귀귀마녀.

차츰 시간이 흐르자 고통에 겨워 몸을 비비 꼬기 시작했다.

그때부터 서서히 변해가는 그녀의 외모.

징그러웠다.

아니, 흉측했다.

그동안 얼마나 많은 남자들에게서 양기를 취했는지, 서른 초반으로 보이던 외모가 순식간에 팔순 노파로 변해 버렸다.

"으으……."

"귀귀마녀의 본모습이 저럴 줄이야……!"

삽시간에 변해 버린 그녀의 외모를 보고 마인들은 하나둘 고개를 돌려 버렸다.

특히 그녀의 유혹에 넘어가 반목륵과 손을 잡았다가 만성 독약에 중독되어 버린 기련혈마는 충격으로 주먹을 부르르 떨기까지 했다.

쪼글쪼글한 주름살에 닭 껍질 같은 피부.

호호백발에 이빨마저 숭숭 빠지고 온 얼굴에 검버섯이 핀, 실로 토악질이 나올 정도로 추하게 생긴 노파였기 때문이다.

저런 얼굴로 자기에게 꼬리를 쳤었다니. 그리고 저런 얼굴로 수많은 남자들의 정기를 빨아먹고, 그 시체로 젊음을 유지해 왔다고 생각하니 절로 치가 떨렸다.

'크헝헝, 이럴 수가…….'

귀귀마녀는 당혹과 수치로 거의 정신이 나가 버렸다.

내공이 사라지는 순간 드디어 자기 본모습이 탄로났다는 사실을 여실히 깨달은 때문이었다.

'흑흑! 저 악독하고 잔인한 놈! 죽이려면 곱게 죽일 것이지, 이게 뭐야, 엉엉엉…….'

그녀는 속으로 이를 갈며 묵자후를 저주했다.

그러나 그마저도 얼마 가지 못했다.

'끄윽, 끄그그극!'

내공이 사라지자 체내에 잠복해 있던 만성독약과 천년오공의 독기가 서로 상승작용을 일으키기 시작한 것이다.

그 결과 귀귀마녀는 비명도 지르지 못한 채 사지를 비틀다가 한 줌 핏물로 녹아버렸다. 그동안 수많은 남자들을 색의 노예로 만들었던 요녀의 비참한 최후였다.

"알고 보니 아줌마라는 말도 과분한 표현이었군."

묵자후는 귀귀마녀의 죽음에 대해 일말의 동정심도 내비치지 않았다.

그리고 그의 시선은 이제 사검 막청을 비롯한 기련혈마와 혈우검마 등을 향했다.

묵자후의 시선이 자신들을 향하자 사검 막청 등은 바짝 긴장했다.

지존령을 거부하겠다며 나섰다가 한 줌 핏물로 녹아버린 두 사람의 최후를 목격한 때문이었다.

'설마 우리들도……?'

그런 생각으로 모두 어깨를 움츠렸지만, 기우였다.

"그대들은 이제 마도에서 완전히 축출되었다. 앞으로 지존령으로 그대들을 구속하는 일은 없을 것이다. 또한 지존령으로 그대들을 보호하는 일도 없을 것이다. 피차 더 이상 나눌 이야기가 없을 듯하니 속히 이곳을 떠나가기 바란다."

그 말을 듣는 순간 사검 막청 등은 안도의 한숨을 내쉬면서도 가슴속에서 뭔가가 쑥 빠져나가는 기분을 느꼈다.

마도에서의 축출.

조금 전까지만 해도 별것 아니라고 생각했는데, 막상 그 말을 듣고 나니 왠지 서운한 기분이 들었다.

하긴 강호에 발을 들이면서부터 마도라는 소리를 듣거나 마도의 일원으로 활동하다가 갑자기 소속이 없어져 버리니 만감이 교차할 만도 했다. 그래선지 다들 곧바로 떠나지 않고 좌우를 둘러보며 미적거리기 시작했다.

"뭣들 하고 있나? 어서 떠나지 않고!"

그때 묵자후의 호통이 들려왔고, 사검 막청 등은 화들짝 놀라 급히 걸음을 옮기기 시작했다. 그런데 한 사람이 갑자기 걸음을 멈추더니 옆 사람의 어깨를 붙잡았다.

혈우검마였다.

그가 기련혈마의 이마에 머리를 갖다 대며 으르렁거리듯 말했다.

"이봐, 기련혈마. 정말 이대로 떠날 생각인가?"

기련혈마는 무슨 뜻인지 몰라 고개를 갸웃했다.

"왜 그러시오, 형님? 설마… 계속 남아 있자는 말씀은 아니시겠죠?"

"글쎄……. 남아 있든 말든 그게 중요한 게 아니고… 아무리 생각해도 이건 아냐. 이대로는 절대 떠날 수 없어!"

"형님?"

"내 의지가 아니었네. 자네도 알지 않는가, 내 의지가 아니었다는 걸."

"형님! 그렇다고 이제 와서……."

"상관없어. 갈 때 가더라도 지금은 아냐!"

그 말과 함께 뺨을 씰룩이며 뒤돌아서는 혈우검마.

기련혈마가 급히 그의 어깨를 잡았으나 쇠갈고리 박힌 손이 그 손목을 쳐냈다.

뒤이어 이글거리는 눈으로 기련혈마를 노려본 혈우검마가 홱 등을 돌려 묵자후 쪽으로 걸어갔다. 그러자 장내의 시선이 모두 그에게 집중됐고, 묵자후가 고개를 돌려 혈우검마를 바라봤다.

"왜? 무슨 할 말이라도 있나?"

묵자후가 무심히 묻자 혈우검마가 고개를 끄덕였다.

"그렇소. 할 말이 있소."

"뭔가?"

"미안하지만 나는 축출될 수 없소. 아니, 귀하가 지존령을 이어받았다고 해도 나를 함부로 축출할 순 없소. 왜냐하면 귀하가 태어나기도 전에 나는 단천호왕단의 수석 대주였고, 죽는 그 순간에도 단천호왕단의 수석 대주로 죽을 것이기 때문이오!"

그 말에 묵자후 뒤에 있던 냉희궁이 폭갈을 터뜨렸다.

"무엄하다! 네놈이 감히 지존께 귀하라니? 어디서 그런 망발을……."

그러면서 앞으로 달려나가려 하자 묵자후가 손을 들어 그를 제지했다.

혈우검마는 그에 아랑곳하지 않고 계속 말을 이어나갔다.

"지금으로부터 이십사 년 전, 마정대전 첫 전투 때 나는 전대 지존께 한 번의 사면을 약속받았소. 설령 내가 대역죄를 저지른다 하더라도 한 번은 용서해 주시기로 약속하셨단 말이오. 그러니 귀하는 절대 나를 축출할 수 없소! 혹시 이 자리에서 내 목을 벨 수 있을지는 몰라도 결코 나를 축출시킬 순 없단 말이오!"

비장한 목소리였다.

그러나 묵자후는 싸늘한 냉소를 흘리며 말했다.

"그대는 매우 비겁하군. 그렇게 축출되기 싫다면, 정말로 철마성의 귀신으로 죽고 싶다면 왜 지존령을 거부하겠다고 나섰나?"

"…사정이 있었소."

"사정? 그 사정이 지존령을 거부할 만큼 대단한 사정이었나?"

"그건……."

혈우검마가 잠시 대답을 망설이자 옆에 있던 기련혈마가 대신 대답했다.

"그렇소! 형님께는 쉽게 말하기 힘든 사연이 있었소!"

"쉽게 말하기 힘든 사연이라……. 그래! 지존령을 거부할 만큼 깊은 사연이 있다면 그냥 떠나면 되지 왜 돌아와서 이의를 제기하는 건가?"

"그건 귀하가 나를 축출시키겠다고 했기 때문이오!"

"호? 지존령을 거부하겠다면서 축출되기는 싫다? 그럼 어떻게 해달라는 소린가?"

묵자후의 눈빛이 점점 차가워졌다.

혈우검마는 그 눈빛을 정면으로 받으며 말했다.

"증명해 주시오, 귀하가 진짜 지존이라는 사실을."

"증명? 무슨 증명 말인가?"

"귀하가 누구에게 지존령을 받았는지. 누구에게 무공을 사사했는지……."

"훗, 내가 그걸 왜 이야기해 줘야 하지? 지존령을 거부하겠다며 돌아선 사람에게?"

"그건… 이 자리에서 그걸 밝혀야 모두 진심으로 따를 것이기 때문이오.”

“그건 그대가 신경 쓸 문제가 아닌 것 같은데?”

“…….”

싸늘한 묵자후의 반문에 혈우검마는 순간적으로 할 말을 잃어버렸다. 묵자후 말대로 지존령을 거부하겠다고 나선 자신이 왈가불가할 문제가 아니었기 때문이다.

‘그렇지만…….’

혈우검마는 뭔가 더 이야기하고 싶은 게 있었다. 그러나 말주변이 없다 보니 다음 말을 어떻게 이어나가야 할지 몰라 침묵만 지키고 있을 수밖에 없었다. 그러자 묵자후가 그의 눈을 보며 이야기했다.

“내가 방금 그대에게 비겁하다고 한 이유가 뭣 때문인지 아는가? 그대가 지존령을 거부하든 말든, 그대가 전대 지존에게 사면을 받았든 말든, 현재 마등의 주인은, 지존령의 주인은 나라는 사실이야. 그런데 그대와 그대 일당은 내 말을 들어보기도 전에 나를 의심했고 뭔가 꼬투리를 잡으려 했지. 왜냐, 그대들 마음속에 뭔가 흑심이 있었기 때문이지. 만약 내 무공이 그대들 보기에 미흡했다면 이런 대화를 벌일 필요도 없이 단번에 내 목을 쳐버렸을걸? 안 그런가?”

“그, 그건…….”

“그리고 그대가 철마성의 일원으로 죽고 싶다니 하는 말인데, 전대 지존께서 마등과 지존령을 만드신 이유가 뭣 때문이었나? 최악의 상황이 벌어졌을 때 후일을 도모하기 위해서가 아니던가? 그런데 그대들은 그 뜻을 망각한 채 신임 지존이 그대들 입맛에 맞는지 안 맞는지 그것부터 알아보려고 했지. 그래서 신임 지존이 약해 보이거나 마음에 안 들면 죽여 버리고, 상대하기 힘들면 지존령을 거부하거나 신분을 알아보고 이해득실에 따라 움직이려 했지. 어떤가? 내 말이 틀렸는가?"

"그, 그게 아니라 나는……."

혈우검마는 몇 번 입술을 달싹이다가 그만 입을 다물고 말았다. 묵자후가 한 말에 일일이 반박하자니 왠지 초라해지는 기분이 들어서였다. 그러자 옆에 있던 기련혈마가 답답했는지 그를 변호하고 나섰다.

"아니오! 형님은 그런 분이 아니오! 내가 사십 년 동안 지켜봐 왔지만 형님은 나나 저놈들처럼 계산적이고 얄팍한 위인이 절대 아니란 말이오."

손가락으로 자신과 사검 막청 등을 가리키던 기련혈마는 흥분한 표정으로 계속 말을 이어나갔다.

"사실 변명 같아서 이야기 안 하려고 했지만, 형님이 지존령을 거역한 이유는 반목륵 저놈의 흉계에 빠져 독에 중독되셨기 때문이오!"

"이봐, 혈마!"

"아닙니다, 형님. 이왕 이렇게 된 거 툭 까놓고 이야기합시다. 사실, 형님과 저는 처음부터 지존령을 받들려고 했었소.

그런데 반목륵 저놈이 독으로 형님을 협박하고 형님 가족을 볼모로 삼았기에 어쩔 수 없이 행동을 같이한 것뿐이오. 그렇지 않다면 반목륵이나 귀귀마녀가 하독할 때 같이 암습을 펼쳤지 왜 가만히 있었겠소?"

"흠……."

묵자후는 잠시 침묵을 지켰다.

다른 이들도 마찬가지였다. 하지만 혈우검마는 자존심이 상한 듯 기련혈마를 노려봤고, 기련혈마는 할 말을 다해 후련하다는 표정으로 묵자후의 반응을 지켜봤다.

이윽고 묵자후가 말했다.

"그렇다면 아직도 중독 상태겠군."

"그렇소. 못 믿으시겠다면 확인시켜 드리리까?"

그러면서 기련혈마가 비도를 꺼내 제 팔뚝을 찌르려 하자 묵자후는 천천히 손을 내저었다.

"아니, 그럴 필요까지는 없고……. 한 가지만 확인해 보지. 희사!"

"예, 지존."

"사면령 이야기가 사실인가?"

"그게… 마지막 전투 때의 기록은 확인할 수 없습니다. 당시 워낙 혼란스러운 상황이었던지라……."

희사의 대답에 묵자후는 고개를 갸웃했다.

"그럼 마환존자에 대한 기록은 어떻게 남아 있었지?"

"그건 기록에 남아 있었던 게 아니고 어머니의 기억에 남아 있었던 것이옵니다. 당시 본성에서 축출된 사람은 거의 전무하다시피 했으니까요."

"흠, 그랬었군. 그럼 이 일을 어찌 처리한다?"

묵자후가 난감한 듯 인상을 찡그릴 때였다. 저 뒤에서 누군가의 목소리가 들려왔다.

"혈우검마… 당시에는 혈우검 위지(尉遲) 대주셨죠. 그분 말씀이 옳습니다. 혈야평에서 정파 놈들과 첫 접전을 벌일 때 그분께서 혁혁한 공을 세우셨습니다. 황보세가와 하북팽가의 연합 세력을 초토화시키셨죠."

지존령을 받들기 위해 오체투지하고 있던 강팍한 인상의 노인이었다.

그가 당시를 회상하며 증언에 나섰다.

"그때 황보세가의 가주였던 열화폭풍권(烈火暴風拳) 황보극을 위지 대주께서 이백여 초 만에 쓰러뜨리고 그의 오른팔을 잘라 버리셨죠. 그러자 단천호왕단 단주님과 싸우고 있던 하북팽가의 가주, 벽력패왕(霹靂覇王) 팽기진이 그를 구하러 왔고, 장하게도 위지 대주께서는 그의 기습을 왼손으로 막아냄과 동시에 그의 가슴에 큰 상처를 입히셨습니다. 그로 인해 놈들의 전열이 대거 무너졌고, 결국 구대문파의 정예들과 싸우고 있던 파천혈룡단이 단천호왕단과 합류, 놈들의 예봉을 무너뜨림으로써 혈야평의 첫 전투를 대승으로 마치게 되었습니다. 그 모습을 지켜보신 전대 지존께서 직접 위지 대주를 찾아 사면령을 내리셨죠. 지금 지존께서 보고 계시는 위지 대주의 손……. 그분의 손목에 쇠갈고리가 박힌 것은 그때 입은 상처 때문입니다. 팽기진, 그 후안무치한 놈의 기습을 막으시느라 스스로의 팔을 희생하신 것이었죠."

노인은 그때의 감동을 떠올리는지 아련한 눈빛이었다.

"흠, 그랬었군."

묵자후는 무심히 대답했다.

그러나 속마음까지 무심한 건 아니었다.

천금마옥에서 수없이 듣던 영웅담을 이 자리에서도 듣게 되니 만감이 교차했다. 그럼에도 불구하고 묵자후는 한 번 더 확인 절차를 거쳤다.

"그 말이 사실인가?"

"틀림없습니다, 지존! 제 목을 걸겠습니다."

노인의 대답을 듣고 난 뒤에야 묵자후는 고개를 끄덕였다. 왜냐하면 지금 묵자후의 신분은 일개 심문자의 위치가 아니라 십만 마도를 호령하는 지존의 위치였기 때문이다. 그래서 이번 사안처럼 한 사람의 명예나 생사가 걸린 부분에 대해서는 함부로 남의 말에 수긍하기보다 앞뒤 관계를 명확히 파악한 뒤 의사를 표시해야 모두에게 믿음을 줄 수 있기 때문이다.

하지만 냉희궁은 그게 오히려 못마땅한 듯했다.

"지존! 그의 과거 공적이 어떻다 하더라도 지존께 불경한 죄는 도저히 용서할 수 없습니다. 그러니 이 자리에서 즉참해 버리시든지, 아니면 사지근맥을 잘라 모두에게 본보기로 삼으시지요."

냉희궁이 갑자기 끼어든 이유.

노인의 증언을 듣고 난 뒤 묵자후의 표정을 보니 왠지 혈우검마를 용서해 줄 것 같은 예감이 들어서였다.

'그래선 안 돼! 무조건 엄벌에 처하시도록 해야 지존의 위엄이 살아!'

그게 냉희궁의 생각이었지만, 상황은 정반대로 흘러갔다. 그 시작은 이글거리는 혈우검마의 눈빛에서부터 비롯됐다.

"나를 용서하지 않아도 좋고, 이 자리에서 즉참해도 좋소. 그러나 축출하겠다는 말만은 철회해 주시오. 그리고 조금 전에 했던 질문… 귀하가 누구에게 지존령을 받았고 누구에게 무공을 사사했는지 물어본 이유는, 죽기 전에 귀하가 어떤 경로로 지존령을 습득하게 되었는지 너무 궁금했기 때문이오. 다른 사심은 절대 없었소이다."

그 말에 냉희궁이 또다시 고함을 질렀다.

"네 이놈! 방금 경고했는데도 계속 지존께 불경을 저지르다니! 내 지존께 죄를 청하는 한이 있더라도 네놈을 치도곤내고야 말리라!"

그러면서 소매를 둥둥 걷고 나서려 했지만 묵자후가 다시 그를 제지했다. 그리고는 물끄러미 혈우검마를 바라보다가 문득 생각난 듯 중얼거렸다.

"그래, 이제 기억이 났군. 그대가 누군지……. 평소에는 과묵하다가도 일이 벌어지면 선불 맞은 멧돼지처럼 날뛰고, 고집은 또 황소 같아서 하기 싫은 일은 목에 칼이 들어와도 하지 않는 자. 그러나 충성심과 수하들을 생각하는 마음 하나만큼은 나무랄 데 없어 단주 직 대신 수석 대주 직을 맡겼다는 자. 그래, 바로 당신이었군!"

그 말이 끝나는 순간 혈우검마의 표정이 눈에 띄게 굳어갔다.

"나를… 나를 아시오? 아니, 그 말을 어디서… 누구에게 들으셨소?"

심중의 격동을 감추려는 듯 뺨을 씰룩이는 혈우검마.

묵자후는 대답 대신 먼 하늘을 바라봤다.

뿌연 구름 위로 떠오르는 수많은 얼굴들.

그중 한 사람이 뿌연 수증기가 피어오르는 온천 옆에 앉아 다정한 목소리로 말을 건네왔다.

"이 녀석, 후아야. 넌 우리처럼 팔다리를 자르지 않아도 돼. 우린 나쁜 놈들과 싸우느라 이렇게 된 거고, 넌 아직 나쁜 놈들을 만나지 않아서 괜찮은 거야. 아니, 넌 나중에 우리보다 힘이 세질 테니까 팔다리를 안 다치고도 나쁜 놈들을 물리칠 수 있을 거야."

"거짓말! 엄마도 얼굴을 다쳤고, 아빠도 눈과 팔을 다쳤잖아. 아저씨도 다리 하나가 없고, 폭마 백부도 손목이 없어. 그러니 나도 아저씨들과 똑같이 될래!"

"이런 바보! 네가 팔을 자르면 엄마 아빠가 엄청 우실걸? 대장로 할아버지도 울고, 폭마 백부도 울고, 나도 울 거야."

"왜? 나도 엄마 아빠랑, 숙부, 백부들이랑 똑같이 되는데 왜 울어?"

"그건 말이다… 그래, 그 녀석 이야기를 해주면 되겠구나. 아저씨에게 아끼던 동생이 있었어. 평소에는 과묵한 녀석인데 일이 벌어지면 선불 맞은 멧돼지처럼 날뛰고, 거기다 황소 같은 고집을 지녀서 하기 싫은 일이라면 목에 칼이 들어와도 안 해."

"엥? 멧돼지? 황소? 그게 뭐야?"

"응? 아, 그런 동물이 있어. 나중에 네가 밖에 나가보면 알게 될 거야. 아무튼, 그런 녀석이 있었는데 말이다, 그 녀석, 그렇게 독불장군처럼 굴어도 충성심과 수하들을 대하는 마음 하나만큼은 나무랄 데 없었거든. 그래서 대장로 할아버지가 내 밑에 넣어줬지. 그런데 그 녀석이 나쁜 놈들과 싸우다가 그만 손목을 잘려 버렸지 뭐냐. 그래서 그때 내가 얼마나 울었는지 아니?"

"몰라. 왜 울었어? 얼마나 울었어?"

"하루 종일 울었단다. 봐. 지금도 눈물이 날려 그러지?"

"응."

"그래, 바로 그런 거란다. 나는 팔다리가 없어도 괜찮지만 내가 아끼고 좋아하는 사람이 아프거나 다치면 무척 슬프단다. 너도 저번에 짱구 아저씨가 아플 때 무척 슬펐지?"

"응."

"그 마음이랑 똑같은 거야. 내가 대신 아파줬으면 싶은 마음. 내가 대신 다쳤으면 하는 마음. 그게 정이고 사랑이란다. 알겠니?"

"몰라. 아저씨 말은 너무 어려워."

"이런!"

"쳇, 정말 어렵단 말이야. 난 이제 겨우 다섯 살인데. 그래도 한 가지는 알겠어. 내가 팔을 자르면 아저씨 말대로 엄마 아빠, 할아버지, 백부, 숙부들이 모두 슬퍼할지도 모르겠다는 거."

"그래! 그거 하나만 알면 됐다. 푸하하하하."

그때 그 표정.

그 목소리와 웃음소리는 아직 귀에 쟁쟁한데 그는 더 이상 이 세상에 없다.

오보추혼 사무기.

자신에게 처음 보법을 가르쳐 준 사람.

그날이 그와 처음으로 대화를 나누던 날이었다.

"방금 오보추혼 사무기… 사 형님이라 그러셨습니까?"

혈우검마의 목소리가 콱 잠겨 나왔다.

그의 관자놀이와 콧등을 가로지른 상처가 목소리에 따라 파르르 떨리기 시작했다.

"그분은… 그분은 정파 놈들에게 끌려가셨다고 들었는데……. 벌써 이십 년 넘게 소식이 없기에 돌아가신 줄로 알고 있었는데, 아직 살아 계셨단 말이오? 어디 계시오? 그분은 지금 어디 계시오?"

벌겋게 충혈된 눈으로 급히 좌우를 둘러보는 혈우검마.

기련혈마 역시 덩달아 고개를 두리번거렸다.

그러나 묵자후는 아무 대답도 해줄 수 없었다.

그저 먼 하늘만 바라보고 있을 수밖에 없었다.

"형님은… 형님은 어디 계시오? 제가 가장 존경하는 분이란 말이오!"

"……."

장내에 침묵이 흘렀다.

사정을 짐작한 마인들은 안타까운 표정으로 혈우검마를 쳐다봤다.

혈우검마는 설마 하는 표정으로, 그러다가 불신 어린 표정으로 묵자후를 바라봤다.

그러나 여전히 먼 하늘만 바라보고 있는 묵자후.

그 쓸쓸한 눈빛을 보고 혈우검마는 주먹을 부르르 떨기 시작했다.

"정녕… 정녕 돌아가셨단 말입니까?"

"……."

"이 못난 아우도 아직 살아 있는데 벌써 돌아가셨단 말입니까?"

"……."

"크흐흑! 야속하오이다! 정말 야속하오이다, 형님! 크허허허헝!"

결국 바닥에 털썩 주저앉아 굵은 눈물방울을 뚝뚝 흘리기 시작하는 혈우검마.

그가 먼 하늘을 바라보며 어깨를 들썩이자 뒤에서 지켜보고 있던 마인들도 하나둘 눈시울을 붉히기 시작했다. 다들 옛 동료를 떠올리며 슬픔에 잠기기 시작한 것이다.

그러나 떨떠름한 눈빛으로 고개를 돌리는 사람들도 있었다.

'이런 젠장! 상황이 점점 이상하게 돌아가잖아? 빨리 이 자리를 떠나고 싶은데, 이거 이러다 빼도 박도 못하게 되는 거 아냐?'

사검 막청이나 혈비도 괴랑 등, 지존령을 거부하겠다고 나선 마인들은 안절부절못한 표정으로 묵자후를 훔쳐보고 있었다.

잠시 후…….

어느 정도 슬픔을 가라앉힌 혈우검마가 퉁퉁 부은 눈으로 묵자후를 바라봤다.

그가 허탈한 목소리로 말했다.

"그때… 형님을 비롯한 수뇌부들은 모두 이름 모를 섬으로 끌려가셨다고 들었습니다. 그런데 어떻게 그분의 소식을 알고 계시는지, 그리고 어떻게 그분의 임종을 지켜볼 수 있었는지 여쭤봐도 되겠습니까?"

그런 의문은 혈우검마뿐만이 아니었다.

다른 마인들도 모두 궁금하다는 듯 묵자후를 바라봤다. 그 중 몇 사람은 혹시나 하는 기대감으로 묵자후의 입술만 쳐다보기도 했다.

묵자후는 긴 한숨을 쉬며 그들에게 천금마옥 이야기를 해줬다. 그리고 사무기를 비롯한 마인들의 최후에 대해서도 이야기해 줬다. 그러자 모두의 얼굴에 충격과 경악이 어리기 시작했다.

"설마… 그럴 리가……?"

"모두, 모두 돌아가셨다니? 어떻게 그런 일이?"

"크허헝, 믿을 수 없습니다! 저는 절대 믿을 수 없습니다! 크흐흐흑!"

"으아아! 찢어 죽일 정파 놈의 새끼들! 결국 그렇게 야비하게 나오다니, 으아아아!"

장내에 일순 광풍이 휘몰아쳤다.

경악과 분노, 원망과 저주로 울부짖는 마인들의 한(恨) 서린 절규였다.

그렇게 한바탕 폭풍이 휘몰아치고 나자 마인들은 겨우 슬픔을 억눌렀다.

아직도 여기저기서 흐느끼는 소리가 들려왔지만 그들은 이전과 다른 눈빛으로 묵자후를 바라봤다.

당대 마도지존이자 천금마옥 마인들의 공동 전인!

강호사(江湖史)를 통틀어 전무후무한 마도대종사(魔道大宗師)가 자기들 눈앞에 현신(現身)해 있다는 사실을 새삼 깨달은 때문이었다.

묵자후를 향한 경외의 눈빛.

그런 눈빛은 혈우검마나 기련혈마, 심지어는 한쪽 구석에 모여 있던 사검 막청이나 혈비도 괴랑 등도 마찬가지였다.

특히 사검 막청을 비롯한 몇몇 문파의 주인들은 뜨악한 표정으로 묵자후를 훔쳐보면서 남 보기 딱할 정도로 덜덜 떨고 있었다.

"으으, 하필이면 저놈이 천금마옥 출신이었을 줄이야. 그것도 대장로를 포함한 모든 마인들의 공동 후계자로 지존령까지 하사받았을 줄이야……."

"그러게 말이오. 듣고 보니 그가 우리 문파의 정통 후계자나 마찬가지라는 말인데, 이거 잘못하다간 내 자리까지 날아가 버리는 건 아닌지 모르겠소."

"아, 지금 그게 문젭니까? 여기서 계속 지존령을 거부했다가는 우리 모두 저놈이 아니라 저 주위에 있는 놈들에게 몰매를 맞게 생겼어요!"

"그렇군! 우린 이미 저놈 눈 밖에 났으니 이 일을 어쩌면 좋지? 정말 미치고 환장할 일이로군."

"적사묘주! 그렇게 걱정하는 건 좋은데 우선 고개부터 좀 숙이면 안 될까? 당신 하나 때문에 우리 모두 줄초상났으면 좋겠는가?"

"어이쿠! 미안하오! 내가 저놈 때문에 혼이 나간 모양이오."

그렇게, 사검 막청 등은 자기들끼리 귀엣말을 나누며 전전긍긍, 묵자후의 눈치를 살피기에 여념이 없었다.

그때 혈우검마가 말했다.

"왜 그런 사실을 진작 말씀해 주지 않으셨습니까?"

이제 혈우검마의 태도는 극도로 공손하게 변해 있었다.

그러나 묵자후는 다소 냉기 어린 목소리로 대답했다.

"아까도 말했지만, 지존령의 권위를 무시하거나 두 마음을 품은 자들은 필요없기 때문이다."

'어이쿠!'

'히익!'

그 말을 듣자마자 황급히 바닥에 코를 박는 사검 막청 일당들.

"하지만……."

혈우검마는 잠시 그들을 쳐다보다 머뭇거리며 말했다.

"변명 같지만… 이십 년의 세월은 너무 길었습니다. 아무리 기다려도 소식이 없는 분들, 악랄하게 추적해 오는 정파 놈들……. 그래서 포기했습니다. 다들 살아남기 위해 각자 이름을 바꾸고 옛 터전을 버리고 이리저리 떠돌아다니며 다시 세력을 구축하다 보니 이렇게 되고 말았습니다."

그 말에 묵자후의 눈빛이 차갑게 가라앉았다.

"세월이 길었다고? 기다림이 길었다고? 그래, 그렇게 느꼈을 수도 있겠지. 그러나 천금마옥에 계셨던 분들은 어땠을 것 같나? 빛도 없고 탈출의 희망도 없는 곳에서 박쥐를 잡아먹고 이끼를 뜯어먹으며 짐승처럼 버티신 분들, 그분들은 바보같이 끝까지 당당하셨지. 놈들과 싸우다가 비명에 가는 그 순간까지도 희망을 놓지 않았고 마도의 자존심을 지키기 위해 노력하셨지. 그런 분들과 함께 살아온 내가 지존령을 거부하는 자들, 딴마음을 품고 있는 자들을 어떻게 받아들일 수 있단 말인가?"

묵자후의 호통에 혈우검마는 또 한 번 고개를 숙일 수밖에 없었다.

"몰랐습니다. 그분들께서 그렇게 힘들게 버티셨으리라고는 꿈에도 생각지 못했습니다. 속하들의 부족함을, 속하들의 나약함을 이번 한 번만 용서해 주십시오, 지존!"

드디어 혈우검마의 입에서 지존이란 소리가 나왔다.

"지존! 용서해 주십시오. 저희가 죽을죄를 지었습니다."

"제가 얼빠진 녀석입니다. 배에 기름기가 끼다 보니 과거를 잊어버리고 살았습니다. 부디 용서해 주십시오, 지존."

사검 막청 등의 입에서도 드디어 지존이란 소리가 나왔다.

다들 땅바닥에 이마를 쿵쿵 찧으며 용서를 구했다.

묵자후는 아무 대답도 하지 않았다.

그들의 이마가 깨져 피가 홍건해질 때까지 침묵을 지켰다.

그러다가 지나가듯 툭 뱉는 말.

"엎드려 절 받기로군."

순간, 혈우검마 등의 얼굴에 희색이 어렸다.

그러나 싸늘한 냉희궁의 목소리가 흘러나오는 순간, 그들은 더 열심히 이마를 찧어야만 했다.

"설령 지존께서 저 배은망덕한 놈들을 용서해 주신다 하더라도……."

냉희궁이 카랑카랑한 목소리로 말했다.

"최소한의 문책과 저들이 이끌던 문파에 대해 조치를 내리셔야 할 줄 압니다."

"알겠소."

"그리고 지존께 암습을 가한 반역자들의 문파와 이번 소집에 불응한 문파에 대해서는 특별히 엄중한 조치를 취하셔야 할 것으로 압니다."

"당연한 말이오."

"죄송하오나 어떻게 조치하실지 여쭤봐도 되겠습니까?"

묵자후는 미리 생각해 둔 듯 단호한 표정으로 말했다.

"저들의 죄는 이미 사해주기로 했으니 경고만 내리도록 하겠소. 그리고 이번 소집에 불응한 문파에 대해서는 그 사유를 파악한 뒤 아무 이유 없이 불응한 문파에 대해서는 추살령을 내리도록 하겠소. 마찬가지로 내게 하독한 자들의 문파에 대해서도 같은 명을 내리도록 하겠소!"

"알겠습니다. 현명하신 결정입니다."

냉희궁은 그제야 만족한 듯 뒤로 물러났지만 사검 막청 등은 혼비백산해 필사적으로 이마를 찧기 시작했다.

'추살령! 바보같이 추살령을 잊고 있었다니!'

그들이 사색이 되어 더 열심히 이마를 찧는 이유는 정파의 강호공적 선언보다 더 무서운 게 마도의 추살령이었기 때문이다. 그리고 황제의 진노보다 더 무서운 게 바로 지존의 진노라는 걸 뒤늦게 깨달은 때문이었다.

정파는 강호공적 선언을 선언으로 그칠 때도 많지만 마도는 그렇지 않았다. 수단과 방법을 가리지 않고 그 명을 수행했다.

그리고 황제의 진노는 구족을 멸하지만 지존의 진노는 십족을 몰살시키고 주변에 풀 한 포기조차 남기지 않았다.

그렇게 무시무시한 지존의 권위를 왜 잊어버리고 있었단 말인가?

"지존이시여! 앞으로는 개과천선(改過遷善), 지존께 견마지로(犬馬之勞)를 다하겠습니다!"

"이제부터라도 명을 내리신다면 타는 불속, 끓는 기름 솥도 마다하지 않겠습니다!"

중구난방으로 외치며 이마를 찧는 그들.

나머지 마인들도 덩달아 소리치며 다시 한 번 오체투지, 묵자후에게 고개를 조아렸다.

그렇게 반나절이 지나고 해가 뉘엿뉘엿 서산으로 기울기 시작했다.

험로

魔道天下

중원제일루에 마등이 오른 지 보름.

영웅성은 바쁘게 돌아갔다.

백의전을 중심으로, 다들 기련산으로 떠날 준비를 하느라 정신이 없었다.

영웅성에 머물고 있는 구대문파 명숙들도 마찬가지였다.

각자 본산에서 온 제자들을 맞이하느라 눈코 뜰 새 없이 바빴다.

그렇게 분주하게 움직이는 사람들을 보면서 은혜연은 고민에 빠져들었다.

'나는 어떻게 행동해야 하는 것일까? 사자 말씀대로 사문으로 돌아가 향화객을 맞이하고 불당을 청소하고, 다시 예전처럼 답답한 생활을 반복해야 하는 것일까?

물론 그렇게 생활한다고 해도 별 불만은 없다.

어차피 출가하기로 작정한 몸.

사부님 시중이나 들면서 간간이 원숭이들을 가르치거나 사질들을 골려먹으면 된다.

'하지만…….'

왠지 이대로 떠나면 평생 후회할 것 같은 기분이 들었다.

'내 마음속에 심마가 깃든 것일까?'

그렇다 하더라도 어쩔 수 없다.

저 피 묻은 침대를 볼 때마다 마음이 흔들리는 걸 어쩌란 말인가?

정체불명의 마인들에게 쫓겨 피에 전 몸으로 저 침대 위에 쓰러져 있던 흑오.

흑오를 떠올릴 때마다 생각나는 그의 얼굴.

귤자주에서 봤던 차가운 얼굴.

동정호에서 봤던 분노하는 얼굴.

'그러나 그가 웃는 모습은 한 번도 보지 못했어…….'

물론 억지로 갖다 붙이는 핑계에 불과하리라.

하지만 어쩌겠는가.

그를 생각하면 생각할수록 보고 싶다는 갈망이 생기는 걸.

'그래! 그가 정말 마인인지 아닌지 내 눈으로 확인해 보고

떠나자!'

흑오라는 아이는 빨려고 내놓은 피 묻은 옷을 입고 갔다.

'그렇다면 나는……?'

은혜연은 자기 옷차림을 봤다.

빛바랜 승복 차림.

'나도 다른 사람들처럼 입어볼까?'

은혜연은 처음으로 승복을 벗어볼까 고민했다.

이곳 접객청 주변에서 웃고 떠드는 또래 소녀들처럼.

"안 된다!"

정수 사태는 단호하게 고개를 저었다.

"벌써 사부님께 서찰을 보냈다. 조금 늦어졌지만 수일 내로 돌아갈 것이라고."

"사자……."

"그렇게 쳐다봐도 소용없다, 사매. 기다리고 계실 사부님을 생각해야지."

"하지만 꼭 가보고 싶단 말이에요."

"그래도 안 된다. 너무 위험한 곳이고, 가면 살계를 범할 확률이 높다. 나야 업보를 걸머진 몸이지만 사매까지 그럴 필요는 없다."

"사자……."

"그만! 이미 사매도 손에 피를 묻혀봤지 않느냐? 그때 그 기분을 다시 맛보고 싶으냐? 그게 아니라면 돌아가거라. 가서 사부님 시중도 들어주고 동문들과 공부도 하고 꽃도 가꾸고, 그렇게 밝고 쾌활하게 지내려무나. 이곳은… 사매가 머물 곳이 아니야. 사매가 머물기에 강호는 너무 잔인하고 무정한 곳이란다."

그 말에 은혜연은 눈물을 글썽였다.

자신을 생각해 주는 정수 사태의 마음을 왜 모르겠는가?

그러나 여기서 물러날 순 없다.

여기서 물러나면 밖에 대기하고 있는 마차를 타고 보타암으로 출발해야 한다.

은혜연은 입술을 잘근 깨물며 정수 사태를 바라봤다.

"사자… 저는 꼭 가보고 싶어요. 만약 사자께서 말리신다면 소매는… 소매는 변복을 하고서라도 뒤따라갈 거예요."

"뭐라고?"

"정말이에요. 저 혼자라도 기련산으로 찾아갈 거예요. 그러니 사자, 제발……."

정수 사태는 기가 막혀 말도 나오지 않았다.

이 아이는 변복한다는 게 무슨 뜻인지나 알고 하는 소릴까?

수행자가 아무리 구름처럼 물처럼 떠도는 운수납자(雲水衲子)라 하더라도 사사로이 승복을 벗으면 그를 더 이상 수행자로 인정하지 않는 게 전통적인 불문(佛門)의 계율이었다.

그런데 사문의 허락이 떨어진 것도 아니고, 신변에 크나큰 위협이 있어서 그런 것도 아닌, 단순히 남자 하나 때문에―물론 정수 사태의 추측이긴 하지만―변복을 하려 하다니?

그러나 애잔하게 젖어 있는 사매의 얼굴을 보니 보통 결심이 아닌 것 같았다.

'휴우… 이 일을 어찌할꼬?'

벌써 며칠째 잠도 제대로 못 자는 사매다.

가뜩이나 약한 몸, 저러다 쓰러지면 어쩌나 싶을 정도로 홀로 고민하고 있는 사매다. 그러니 저 아이의 말을 무시하고 그냥 떠나보냈다가는 무슨 일이 생길지 모른다.

'그래, 차라리 번뇌의 싹이 더 자라기 전에 베어버리는 것도 나쁘지 않을 터.'

정수 사태는 마지못해 고개를 끄덕였다.

"좋다! 사매의 뜻이 정 그렇다면 어쩔 수 없지."

그러면서 한 가지 조건을 덧붙였다.

"대신, 약속해 다오. 내 허락 없이는 단 한 발자국도 마음대로 움직이지 않겠다고."

은혜연은 당연히 고개를 끄덕였고, 날 듯한 표정으로 방을 나갔다.

그 모습을 보면서 정수 사태는 또 한 번 한숨을 내쉬었다.

"휴우, 하늘이 원망스럽구나. 왜 저 가련한 아이에게 남자를 알게 하셨단 말인가? 그리고 왜 저 아이의 인생에 애정의 싹을 뿌리셔서 불나방처럼 세사(世事)에 뛰어들게 만드셨단 말인가……."

애타는 한숨 소리가 오래도록 방 안을 맴돌았다.

다음날.

은혜연은 정수 사태를 포함한 구대문파 명숙들과 함께 기련산으로 출발했다.

영웅성에서 준비해 준 말을 타고 무창을 떠나는데, 처음엔 말 타는 게 너무 힘들어 엉덩이에 불이 나는 것 같았다. 그나마 며칠 타다 보니 겨우 적응이 됐고 그때부터 조금 편하게 갈 수 있었지만, 계속 말 등 위에서 이동하다 보니 머리도 아프고 허리도 아파 매일같이 곤욕을 치러야 했다.

또한 도무지 끝이 보이지 않는 이동 거리도 정신적 피로를 가속화시켰다.

호북 무창에서 감숙 기련산까지의 거리는 무려 오천여 리.

그것도 직선거리만 따졌을 때 그 정도였으니, 아무리 빠른 말을 타도 열흘 이상 걸리는 거리였다.

거기다 영웅성과 구대문파, 오대세가와 군소 문파 등을 합쳐 만 명에 가까운 대규모 인원이 움직이다 보니 선발대와 후발대의 거리를 일정하게 유지해야 했고, 또 보급품과의 거리도 일정하게 유지해야 했다.

그러다 보니 은혜연을 비롯한 정파 무인들은 산을 넘고 강을 건너 중간 중간 휴식을 취하는 와중에 너무 힘들어 저마다 가쁜 숨을 내쉬어야만 했다.

그러나 정작 힘든 건 기련산 근처에 다다랐을 때부터였다.

끝없이 뻗은 산맥.

하늘을 찌를 듯 날카로운 봉우리.

거기다 날씨마저 추우니 어디로 어떻게 움직여야 할지 감조차 잡히지 않았던 것이다.

그나마 감숙과 녕하를 중심으로 활동하는 공동파가 앞장서서 길 안내를 해주고는 있었지만, 전체의 이동 속도는 기련산 입구에 들어서면서부터 현저하게 느려질 수밖에 없었다.

"휴우, 정말 엄청난 산맥이로군."

소요선옹이 구름에 가린 산봉우리를 보며 혼잣말하듯 중얼거렸다. 그러자 옆에서 걷고 있던 현오 진인이 웃으며 고개를 끄덕였다.

"그렇소. 오죽하면 달자(韃子)* 놈들이 하늘에 닿는 산, 기련이라고 이름 붙였겠소?"

"하긴… 여기서 보니 정말 하늘 끝까지 치솟은 듯하외다."

"허허, 빈도는 소싯적에 천산을 올라가 봐서 그런지 그 정도 느낌까지는 아닙니다. 그러나 정말 대단한 산이지요."

"호오, 천산까지 가보셨구려. 아무튼 진인 덕분에 이곳까

---

* 달자(韃子): 원래는 타타르족을 가리키는 말이나, 초원 북쪽에 사는 유목민을 낮추어 부르는 말로 쓰이기도 한다.

지 잘 왔습니다만, 그래도 너무 오래 걸린 것 같아 걱정이 되는구려. 혹시 놈들이 우리의 움직임을 보고 무슨 대책이라도 세우지 않을까 하는 조바심이 들어서 말이오."

"글쎄요. 설령 놈들이 알아차린다 한들 뾰족한 수가 없겠지요. 싸우자니 겁나고 달아나기밖에 더 하겠습니까?"

"그랬으면 좋으련만… 아무튼 여기가 어디쯤이오?"

"냉룡령(冷龍嶺)이라 하외다. 기련산맥 동쪽 끝 산세지요. 여기서부터 빙하와 빙층이 지천이니 다들 마음 단단히 먹으셔야 할 거외다."

"휴우, 이제 겨우 동쪽 끝자락이라니. 저 높고 험한 산들을 어느 세월에 다 뒤진단 말인고……."

소요선옹이 나직이 한숨을 내쉬자 현오 진인이 너털웃음을 터뜨리며 말했다.

"허허, 제가 전체 인원을 열 개 조로 나누자고 한 이유가 바로 그 때문이 아니겠습니까? 자, 자, 날이 어두워지기 전에 어서 올라갑시다."

현오 진인의 재촉에 구대문파 선발인 갑조(甲組)는 한숨을 푹푹 쉬며 냉룡령을 오르기 시작했다.

적면주개는 을조(乙組)에 속해 있었다.

그는 산을 오르는 내내 은혜연의 눈치를 살피며 전전긍긍하고 있었다.

자신과 눈이 마주치기 무섭게 고개를 돌려 버리는 은혜연.

그녀의 태도를 보니 왠지 씁쓸한 기분이 들어서였다.

'에효, 아직도 그때 일로 화가 풀리지 않은 모양이군.'

그랬다.

적면주개가 은혜연에게 단단히 미운털이 박힌 이유.

가뜩이나 회의석상에서 묵자후를 마인으로 몰아 화가 나 있었는데, 큰 상처를 입고 누워 있는 흑오 앞에서 또다시 이상한 소리를 지껄이는 바람에 그 아이가 몸도 낫지 않은 상태로 비바람을 맞으며 떠나가게 되었다고 원망하고 있었던 것이다.

물론 적면주개 딴에는 약간 억울한 면도 없지 않았다.

그때 회의석상에서 한 말이야 어쩔 수 없다지만, 은혜연의 침소에서 묵자후 이야기를 꺼낸 이유는 환마이자 전왕, 그리고 도마일 것이 확실한 묵자후에게 은근한 감정을 품고 있는 은혜연을 단념시키기 위해 정수 사태와 작전을 꾸민 것이었다. 그리고 묵자후와 연결되어 있을 것이 확실한 흑오를 아예 은혜연 곁에서 떼어내기 위해 일부러 악역을 자청한 것이었다.

그런데 정작 당사자인 은혜연이 자기를 치한 대하듯 하니 개방 장로로서 영 체면이 서지 않았던 것이다.

그렇다고 왜 그런 표정으로 자신을 피하느냐고 대놓고 물어볼 수도 없고.

'에잉! 이게 다 영웅성 놈들과 손잡은 방주님 때문이야.'

사실 그때 흑오를 떼어낸 건 정수 사태의 의견이 아니었다. 개방 방주와의 인연을 들먹이며 고왕 종리협이 은밀히 부탁을 해왔기 때문이다.

'그건 그렇고, 도대체 저 산을 언제 다 올라간단 말인가?'

곳곳이 얼음 천지니 함부로 신법을 펼치기도 힘들고, 앞사람 등만 보고 산을 오르다 보니 이래저래 나오는 건 한숨뿐이었다.

그런데 갑자기 누군가가 등을 툭툭 쳐왔다.

"혹시 봉 장로님 되시오?"

눈빛이 유리알 같은 사십대 장한이었다.

"맞소만, 뉘시오?"

사내는 대답 대신 쪽지를 쓱 내밀었다.

'밀지(密旨)?'

적면주개가 의아한 표정으로 바라보자 사내는 엄지와 검지로 원호를 만들며 명치 앞에 갖다 댔다.

'아!'

고왕 종리협이 보낸 것이다.

적면주개가 밀지를 받아 들자 사내는 뒤도 돌아보지 않고 산을 내려갔다.

적면주개는 남들이 볼세라 한적한 곳으로 가서 몰래 밀지를 펴봤다.

소륵남산, 단결봉. 을축일(乙丑日), **사시**(巳時).

적면주개는 밀지를 보고 허탈한 표정을 지을 수밖에 없었다.

"제기랄, 이렇게 발이 넓으니 방주님도 영웅성과 손을 잡을 수밖에……."

정말 귀신이 곡할 정보력이었다. 놈들이 모이는 장소와 날짜, 시간을 어떻게 알고 쪽지를 보낸단 말인가?

"아무튼, 을축일이라면 사흘 뒤잖아? 맙소사!"

저 첩첩이 쌓인 산봉우리를 넘어 어떻게 사흘 만에 소륵남산 최고봉에 당도한단 말인가?

생각할수록 눈앞이 아득해지는 적면주개였다.

"단결봉이라고 했소?"

현오 진인이 인상을 찌푸리며 말했다.

"그렇습니다, 진인. 본 방에서 급히 입수한 정보랍니다."

"과연 개방이로고! 어떻게 그놈들의 회합 장소를 알아냈단 말인가?"

"그러게 말이오. 역시 대단하외다."

여기저기서 찬사가 흘러나왔지만 적면주개는 별것 아니라는 듯 어깨를 으쓱여 보였다.

'이런 걸 보고 재주는 곰이 부리고 돈은 누가 챙긴다고 했었지?'

아무튼 이 일로 구대문파에서 보내는 후원금이 더 늘어날 것이다. 그렇게 되면 제자들의 겨울나기도 더 쉬워질 것이고…….

그런 생각을 하며 애써 자괴감을 억누르고 있는데 귓전으로 현오 진인의 목소리가 들려왔다.

"여기서 사흘 만에 단결봉으로 가자면 두 가지 길이 있고 세 가지 문제에 부닥치게 되오."

"두 가지 길과 세 가지 문제?"

"그게 뭐요?"

좌중의 물음에 현오 진인이 걱정스런 표정으로 말했다.

"아시다시피 현재 우리가 있는 곳은 냉룡령이오. 여기서 최단 시간에 단결봉까지 가자면 대통하(大通河) 방면으로 가든지, 하서주랑 쪽으로 가든지 둘뿐이오. 그런데 대통하 방면에는 깊은 골짜기와 계곡, 거기다 삼천 개가 넘는 빙천이 흐르고 있소. 반대로 하서주랑 쪽으로 가면 메마른 사막을 지나야 하고 군부의 눈길을 피해야 하니 인원을 더 잘게 쪼개야 하오. 즉, 지금보다 더 고생할 각오를 해야만 하오."

"아이고, 맙소사!"

"지금도 힘들어 죽겠는데 이보다 더한 고생을 해야 한다니……."

"휴우, 어쩔 수 없지. 고생이야 이미 각오한 것이니, 그 두 가지 길 외에 세 가지 문제란 게 뭐요?"

무당파 정석 도장의 물음에 현오 진인은 잠시 침묵을 지키다가 어쩔 수 없다는 듯 이야기했다.

"첫째는 보급이 문제요, 둘째는 영웅성이 문제요, 셋째는 놈들이 어디로 튈지 예측이 불가능하다는 것이오."

그 말에 중인들은 어리둥절한 표정을 지었다.

"아니, 보급이야 그렇다 쳐도 영웅성이 문제라니요? 그리고 놈들이 어디로 튈지 예측이 불가능하다니, 그게 무슨 말씀인지요?"

호남 형산파 출신의 어느 속가 무문 장주가 공손한 표정으로 물었다.

현오 진인은 재차 침묵을 지키다가 긴 한숨을 내쉬며 낮은 목소리로 이야기했다.

"지금처럼 우리가 장사진(長蛇陣)을 형성하면서 앞으로 나아가면 영웅성 역시 우리와 일정한 간격을 유지할 수밖에 없소. 그런데 대통하 방면으로 가거나 하서주랑 쪽으로 가게 되면 필연코 거리가 벌어질 수밖에 없소. 한쪽은 너무 험한 곳이고, 다른 한쪽은 인원을 잘게 쪼개야 하니 서로 간의 간격을 유지할 수 없다는 말이오."

"그럴 수도 있겠군요. 그런데 그게 무슨 문제가 된다는 말씀이신지?"

형산파 출신 속가 무문 장주의 질문에 현오 진인이 답답하다는 듯 말했다.

"영웅성이 뒤로 빠지면 우리가 화살받이가 될 수 있다는 말이오."

"아!"

"설마 그럴 리가……?"

"너무 지나친 기우 아닐까요?"

몇 사람이 회의적인 표정을 지었지만, 대다수는 이마를 찌푸리며 곤혹스러워하는 기색이 역력했다.

사실 구대문파가 이전부터 강호추적대를 구성하자고 요청했지만, 그건 영웅성이 합류하는 걸 전제로 했을 때의 이야기였다. 만약 영웅성이 뒤로 쏙 빠져 버리고 자기들만 앞장선다면 실익도 없고 피해만 입는 화살받이 신세나 다름없지 않은가?

"그리고, 단결봉은 웅관(雄關:가욕관)과 옥문(玉門) 사이에 있소이다. 즉, 국경과 인접해 있다는 말이고, 주변에 이보다 더 험한 산과 계곡이 즐비하기에 만에 하나라도 놈들이 우릴 보고 그냥 달아나 버린다면 닭 쫓던 개 지붕 쳐다보는 꼴이 될 수도 있다는 말이외다."

"허허, 그런……!"

"실로… 난감한 일이구려."

각파 명숙들은 낭패한 표정으로 서로를 봤다.

그러나 어쩌겠는가?

여기까지 와서 그냥 돌아갈 수도 없는 노릇.

더구나 아직 벌어지지도 않은 일을 가지고 미리부터 걱정하기보다는, 일단 영웅성과의 거리를 최대한 좁히고, 다섯 개 조는 대통하 방향으로, 나머지 다섯 개 조는 하서주랑 쪽으로 이동하기로 했다.

"무엇보다 간격을 좁히는 것과 보급이 중요하니 봉 장로께서 영웅성 쪽에 확답을 좀 받아주시오."

현오 진인 등은 적면주개에게 신신당부한 뒤 먼저 단결봉 쪽으로 향했다.

은혜연은 정수 사태와 함께 현오 진인과 소요선옹 등을 따라 대통하 방향으로 향했다.

그쪽 길이 좀 더 험했기에 고수들은 대부분 대통하 방향으로, 나머지는 하서주랑 쪽으로 이동하기로 한 것이었다.

내리쬐는 태양에도 녹지 않는 눈밭.

찬바람에 얼어붙었는지 면적이 무려 백 장도 넘는 얼음 호수.

그야말로 얼음 위를 걷다가 한숨 돌리면 귀신이 나올 듯한 으스스한 계곡이 나온다.

물론 가끔 너른 들판과 푸른 초지가 나오기도 했지만 그건 가뭄에 콩 나듯 했고, 대부분 인적이 드문 만년설과 가파른 비탈길, 발을 담그면 뼛속까지 얼어버릴 것 같은 강물 등을 지나야 했다.

그렇게 잠도 제대로 못 자고 사흘 동안 강행군을 벌이자 드디어 먼발치로 아스라한 단결봉이 보이기 시작했다.

"맙소사! 이젠 저 까마득한 구름 속에 숨은 산봉우리를 올라가야 한다고? 난 못해!"

"허허, 나도 마찬가지요. 좀 쉬었다 가면 몰라도, 지금 당장은 죽은 조사님이 채근한다 해도 못 올라가겠소."

"일단 허기부터 좀 때웁시다. 벌써 며칠째 벽곡단으로 버티자니 영 뱃속이 허전해서 말이오."

단결봉이 눈앞에 보이자 여기저기서 앓는 소리가 흘러나왔다. 그도 그럴 것이, 냉룡령에서 여기까지 오는 것만 해도 기진맥진할 정도인데, 이제 그보다 더 높고 험한 단결봉을 올라야 한다고 생각하니 눈앞이 캄캄했던 것이다.

더구나 기다리는 보급품은 사흘이 되도록 소식이 없고, 서둘러 뒤따라온다던 영웅성은 코빼기조차 보이지 않으니 제아무리 강호 명숙과 고수들로 구성되었다 하나 그들도 사람인지라 맥이 탁 풀려 버린 것이다.

그렇게 한숨을 푹푹 쉬는 사람들을 지나 낮은 언덕 위에 오른 은혜연은 운무에 가린 산봉우리를 보며 홀로 생각에 잠겼다.

'과연 저 산 위에 그가 있을까? 혹시 그 아이가 있는 건 아

닐까?'

정신을 집중해 봤지만 아무것도 느껴지지 않았다.

'제발, 착오이기를… 오해이기를…….'

그런 생각으로 간절히 기원하고 있을 때였다.

"찾았습니다! 놈들을 발견했습니다!"

앞쪽에서 누군가의 목소리가 들려왔다.

가슴이 철렁하여 달려가 보니 소림신룡 장화린이었다.

강호 명숙들을 대신해서 척후에 나선 장화린과 일부 후기지수들이 흥분한 표정으로 상황 보고를 하고 있었다.

그때부터 모두의 움직임이 바빠졌다.

다들 바짝 긴장하여 조를 나눠 산을 오르기 시작했다.

*　　*　　*

"찾았다!"

첩첩산중에서 쩌렁쩌렁한 목소리가 흘러나왔다.

캄캄한 밤.

거대한 도끼를 오른쪽 어깨에 걸치고 등 뒤에는 어린 계집아이를 업은 십 척 거구의 사내가 희색만연한 표정으로 외친 소리였다.

새파란 안광이 흘러나오는 눈.

정신병자처럼 깎은 괴이한 머리카락.

사내의 정체는 다름 아닌 광마였다.

그가 반짝이는 불빛을 가리키며 득의만만한 표정으로 말했다.

"크크크. 어때, 누나? 내가 틀림없이 찾을 수 있을 거라 그랬지?"

아직도 정신이 오락가락하는 광마.

그가 히히거리며 흑오에게 어깨를 으쓱이는 이유는, 흑오가 다짜고짜 그에게 감숙으로 데려달라고 했기 때문이다.

그러나 말이 쉬워 감숙이지, 감숙 땅이 좀 넓은가?

거기다 길치가 길치를 안내하면 어떻게 될까?

닷새가 넘도록 감숙이 아닌 산서 땅을 헤매다가 오늘 아침에야 겨우 감숙으로 들어선 두 사람이었다.

그러나 감숙 땅에 들어왔다고 해서 묵자후가 나 보란 듯 기다리고 있는 것도 아니다. 차라리 모래사장에서 바늘 찾는 게 낫지, 이 넓은 감숙 땅에서 어떻게 묵자후를 찾는단 말인가?

그러나 흑오는 무조건 광마에게 묵자후를 찾아내라고 재촉을 했고, 광마는 울며 겨자 먹기로 이곳저곳 뒤지고 다닐 수밖에 없었다.

그러다가 우연히, 그야말로 천우신조로 발견한 묵자후의 비문.

'가장 높은 산으로 오라고? 거기서 사람들을 만나고 있을 거라고?

그때부터 흑오는 앙앙불락(怏怏不樂), 또다시 광마를 재촉했다. 무조건 제일 높은 산봉우리를 찾아내라며.

그때부터 광마의 고생길이 시작되었다.

아침 굶고 점심 건너뛰고 저녁 포기하면서 하루 종일 찾아다니다가 겨우 발견한 게 그나마 제일 높아 보이는 산봉우리, 냉룡령이었다.

거기다 사람들이 모여 있으면 당연히 불빛도 있을 것 같아서 의기양양하게 눈앞에 있는 불빛을 가리킨 것이었다.

때마침 천리지청술(千里地聽術)을 펼쳐 보니 인기척도 들리고 해서 틀림없다 싶었는데,

"캇!"

등 뒤에서 흘러나오는 날카로운 쇳소리.

알고 보니 산중턱에 지어진 초라한 띠 집이었다.

"……."

결국 머쓱한 표정으로 머리통만 벅벅 긁는 광마.

그러나 여기까지 왔으니 어쩌겠는가?

일단 들어가서 이곳이 감숙에서 제일 높은 산봉우리가 맞는지부터 물어볼 밖에.

"에그머니나! 누, 누구시오?"

갑자기 들이닥친 광마를 보고 혼비백산하는 노파.

그런 노파를 껴안고 사시나무 떨 듯하는 노인.

보아하니 약초를 캐서 먹고사는 전형적인 산골 노부부였다.

"크크크, 이 산이 감숙에서 제일 높은 산봉우리냐?"

아닌 밤중에 쳐들어와 황소 머리만 한 도끼를 흔들며 황당한 질문을 던지는 십 척 거한.

그 무시무시한 모습을 보고 제정신으로 버틸 사람이 과연 몇이나 되겠는가.

"꼬르륵!"

노부부는 학질 걸린 사람처럼 떨다가 동시에 기절하고 말았다.

"이런 제기랄!"

어둠 속에서 누군가가 욕설을 내뱉었다.

"벌써 열흘 가까이 우리를 끌고 다니며 사방팔방 돌아다니더니, 기껏 찾은 게 저런 손바닥만 한 촌집이었어?"

너무 어이가 없어 짜증스런 얼굴로 투덜거리는 사람.

그는 뇌존의 둘째 제자, 운룡검 유소기였다.

흑오를 추적하면 묵자후를 잡을 수 있을 것 같다는 고왕 종리협의 말에 삼백 명에 달하는 추혼사신대를 이끌고 광마 뒤를 추적한 지 벌써 열흘.

그런데 고작 만난 사람이 다 쓰러져 가는 촌집에 사는 노부부라니.

너무 허탈해서 맥이 탁 풀릴 지경이었다.

"어떻게 할까요, 공자? 이대로 아이들을 풀어버릴까요?"

옆에 있던 노회한 눈빛의 복면인, 곽 봉공이 물었다.

"글쎄요……. 이왕 여기까지 왔으니 조금만 더 지켜보도록 합시다."

그 말을 끝으로 유소기와 곽 봉공은 어둠 속으로 사라졌다.

그러나 그 '조금'이 닷새가 될 줄은 그 말을 내뱉은 유소기나 고개를 끄덕인 곽 봉공이나 꿈에도 생각지 못했다.

그리고 자기들 뒤에 또 다른 흑의인들이 숨어 있다는 사실도, 그들의 이름이 추혼백팔사자라는 것도 꿈에도 생각지 못하고 있는 두 사람이었다.

* * *

흑오는 끙끙 앓고 있었다.

찬바람에 몸살이 난 것일까, 아니면 사악도인 등에게 잡힐 때 받은 정신적, 육체적 충격이 또다시 발병한 것일까?

여기 오기 전까지만 해도 서슬 푸르게 광마를 닦달하던 흑오는 노부부가 사는 집에 들어서고 난 뒤부터 비몽사몽, 고열에 시달리기 시작했다.

광마는 그런 흑오를 보고 안절부절못했지만, 의외로 노부부는 그럴 수도 있다는 듯 두려움에 떨면서도 혀를 찼다.

"저런! 추위를 못 이겨 고뿔에 걸렸구랴. 하긴 여기서 평생 산 우리들도 요즘 같은 날씨엔 고뿔에 걸리는데 이렇게 얇은 옷을 입고 산에 오른 처자야 말해 무엇 하겠소?"

그러면서 노파는 엉거주춤 부엌으로 가 미음을 쑤어왔다.

처음에는 광마를 보고 무서워서 고개도 들지 못하던 노파였지만 흑오를 보고 예전에 잃어버린 손녀딸을 떠올린 것인지 의외로 자상하게 돌봐주기 시작했다.

노인도 마찬가지였다.

어디에선가 생강과 파뿌리를 꺼내 그걸 달여 먹이라고 노파에게 내밀었다.

광마는 그런 두 사람을 향해 의심의 눈길을 번뜩였다.

그가 살아온 환경 자체가 모략과 술수, 독과 시체가 난무하는 마탑이다 보니 두 사람을 당최 믿을 수 없었던 것이다. 그래서 새파란 안광을 흘리며 직접 미음을 맛보고 생강과 파뿌리 달인 물을 마시며 인상을 찌푸렸다.

혹시 노부부가 무슨 수작을 부린 게 아닐까 싶어서였는데, 괜한 오해였다.

두 사람은 진짜 순박한 노부부였고, 만약 광마가 자기들을 의심하는 줄 알았다면 다시는 미음이고 약이고 달여주지 않았을 것이다.

아무튼 흑오는 노부부의 정성 덕분에 사흘 만에 건강을 회복했다.

그러나 그때부터 말문을 닫고 시무룩한 표정으로 먼 하늘만 바라보는 흑오.

광마가 얼른 떠나자고 옆구리를 쿡쿡 찔러도 소용없었다.

뭔가에 홀린 사람처럼 계속 먼 하늘만 바라보는 흑오.

광마는 그런 흑오를 보며 속으로 끙끙 앓기 시작했다.

'나 때문이야. 내가 제일 높은 산을 못 찾고 엉뚱한 곳으로 데려와서 그래.'

스스로를 자책하며 도끼로 자기 이마를 쿵쿵 내리찍는 광마.

그 모습을 보고 노부부는 또 한 번 거품을 물었다.

세상에, 도끼로 자기 머리를 내리찍어도 멀쩡한 사람이 있다니?

실로 괴물을 보는 심정이었다.

"그래도 기특한 양반이구려. 저런 힘을 갖고도 남 해코지는 안 하니."

노파가 사정 모르는 소리를 했다.

노인 역시 광마가 자기들에게 아무 해도 끼치지 않았다는 생각에 고개를 주억거렸다.

"그나저나 저 아이는 딸인가, 손년가? 참 곱게도 생겼네요."

노파가 커다란 바위 끄트머리에 앉아 있는 흑오를 보며 말했다.

"글쎄… 나이 차이가 많으니 손녀겠지."

노인이 심드렁한 목소리로 대답했다.

그러나 노파는 한숨을 푹푹 쉬며 소매로 눈시울을 훔쳤다.

"에휴, 우리 애도 살아 있다면 저 나이쯤 됐을 텐데."

"아, 죽어버린 애는 왜 찾아!"

노인이 버럭 역정을 냈다.

"아니, 이 영감이? 남이야 애를 찾든 어른을 찾든 왜 고함을 지르고 그래? 영감이 언제 그 아이에게 살가운 말 한 번 해준 적 있수? 그랬다면 내가 원통하지나 않지."

노파가 맞고함을 지르며 울먹일 기세로 나오자 노인은 괜히 시선을 딴 데로 돌리며 헛기침을 했다.

"험, 험. 그, 자꾸 임자가 죽은 애를 떠올리게 만드니까 하는 소리지, 고함은 누가 질렀다고 그래."

"아이고, 됐네요. 됐으니까 흰소리 말고 가서 석청이나 좀 캐다 주시오."

"아니, 석청은 왜?"

"고뿔 걸렸다가 막 나은 앤데, 저러다 몸 상할 것 같아서 그래요."

"엥? 그건 임자 먹이려고 일부러 놔둔건데."

"이 영감이 내가 무슨 꼬부랑 할망군 줄 아나? 나 아직 멀쩡하니까 자꾸 흰소리하지 말고 캐 오라면 얼른 캐 와요!"

"에잉, 늙어갈수록 패악만 늘어서 원……."

노인은 궁시렁거리면서도 망태기를 걸머졌다.

그러자 광마가 그 앞을 막아섰다.

"크크. 내 허락도 없이 어딜 가려고?"

그러면서 인상을 쓰려는데 노파가 마침 잘됐다는 듯 손짓으로 광마를 불렀다.

"이보슈, 장사(壯士) 양반. 당신은 가서 영감 옆에서 나무나 좀 해다 주시오. 마침 영감이 노루를 잡아놓은 게 있는데 저 아이에게 좀 고아 먹여야겠소."

"잉? 노루?"

광마가 눈을 번쩍 떴다.

노파의 말을 듣고 보니 며칠째 음식 구경을 제대로 못했다는 데 생각이 미친 것이다.

"크크, 나무. 나무만 해오면 나도 노루 고기를……."

노파를 바라보면서 침을 꿀꺽 삼키는 광마.

"알겠으니 얼른 다녀오슈. 난 저 아이랑 군불이나 때고 있을 테니."

"크크, 그럼 휭하니 다녀오지. 이봐, 영감. 이리 와서 내 등에 업혀."

입이 함지박만 하게 벌어져 싫다는 노인을 강제로 등에 업고 바람처럼 날아가는 광마.

"아이고, 우리 영감, 가뜩이나 심장 약한데……!"

기겁하며 입에 거품을 무는 노파.

그러나 이미 까만 점으로 변해 버린 광마를 어찌 잡을 건인가.

별수없이 쪼그라든 가슴을 달래며 겨우 정신을 수습한 노파는 손짓으로 흑오를 불렀다.

"아가야, 이리 온. 우리는 군불이나 때자꾸나."

노파의 다정한 목소리에 흑오는 망설이다 부엌으로 향했다.

화르르…….

벌겋게 타오르는 불길.

노파는 가느다란 막대기로 군불을 뒤적이고 있었다.

흑오는 그 옆에 앉아 신기한 듯 아궁이를 쳐다봤다.

대륙에서는 거의 볼 수 없는 북방식(北方式) 부엌.

노부부는 특이하게도 동북 지방에서나 볼 수 있는, 아궁이를 갖춘 구들장 형식의 부엌을 사용하고 있었다.

"아가야, 몸은 좀 어떠냐? 이젠 덜 춥지?"

노파가 군불을 때며 조근조근한 목소리로 물었다.

흑오는 말없이 고개를 끄덕였다.

"그래도 자, 이리 더 가까이 와서 곁불을 쬐렴."

노파는 다정하게 흑오를 자기 쪽으로 이끌었다. 그리고는 들고 있던 부지깽이를 넘겨주며 직접 불을 뒤적여 보라고 했다.

노파 말대로 하니 훨씬 더 따뜻하고 재미있었다.

오랜만에 흑오의 얼굴에 환한 미소가 감돌고 볼이 발갛게 달아올랐다.

노파는 빙그레 웃으며 흑오의 머리를 쓰다듬었다.

평소 같으면 '캇!' 하며 화를 낼 흑오였지만, 이상하게도 온순한 고양이처럼 배시시 웃기만 했다.

그런 흑오를 보며 노파가 소곤거리듯 말했다.

"아가야, 이 할미가 보니까 우리 아가… 누굴 보고 싶어하는 것 같더구나. 맞지?"

"크?"

흑오가 깜짝 놀라 노파를 쳐다봤다.

자글자글한 주름살.

다 안다는 듯한 포근한 미소.

"크크!"

흑오는 황급히 고개를 저었다.

그러나 노파는 웃으며 다시 흑오의 머리를 쓰다듬었다.

"아니긴. 얼굴에 다 쓰여 있는걸."

"……!"

"오래전에 이 할미 피붙이도 그랬지. 너처럼 참 곱던 아이였는데……. 몹쓸 어미 년 따라 큰 마을에 다녀오더니 너와 같은 표정으로 먼 하늘만 바라보더구나."

"……."

"그러다가 어느 날 집을 나가더니……."

노파의 이야기는 매우 길고 슬펐다.

다 알아듣지는 못했지만, 누군가를 짝사랑하다가 고백도 못하고 바보같이 목숨을 끊은 손녀딸 이야기였다.

그 이야기를 하면서 눈시울을 붉히던 노파는 주름진 손으로 흑오의 머리를 쓰다듬으며 말했다.

"아가야, 만약에 말이다. 누가 네 마음속에 들어와 있으면 혼자 끙끙 앓지 말고 직접 만나서 네 마음을 슬쩍 비쳐 주려무나. 우리 영감을 보면 알겠지만, 남정네들은 바보 멍충이 같아서 줏대도 없고 속도 여리단다. 그래서 누가 자기를 좋아한다고 하면 겉으로는 아닌 척해도 속으로는 좋아서 입이 헤 벌어지지. 만약 안 그런 놈이 있다면 이 할미에게 데려오려무나. 이 부지깽이로 단단히 혼을 내줄테니."

"킥!"

"그래그래, 그렇게 이쁘게 웃으면서 편하게 만나. 그리고 기회를 봐서 살짝 꼬리를 치는 거야. 그러면 남정네들은 백이면 아흔아홉 놈은 넘어와. 혹시 안 그런 놈이 있으면 그놈은 고자야. 그런 몹쓸 놈은 관심도 두지 말고 휙 돌아서 버리면 돼. 고자 만나면 내 인생 꼬인다, 이렇게 생각하고 잊어버리란 말이야. 이 할미 말, 무슨 말인지 알아듣겠지?"

"크르르."

흑오는 웃으며 고개를 끄덕였다.

그러나 속으로는,

'난 꼬리 없는데. 그리고 고자가 뭐지?'

몰래 자기 엉덩이를 만져 보며 내심 고개를 갸웃거리는 흑오였다.

아무튼, 흑오가 요 며칠 아팠던 이유는 감기 몸살 때문이 아니라 마음속의 두려움 때문이었다.

묵자후가 정말 자기를 버렸을까? 만약 그렇다면 앞으로 어떻게 해야 할까 하는, 묵자후를 만나고 난 뒤의 결과가 두려웠던 것이다.

그런데 노파의 이야기를 듣고 나니 마음이 한결 가벼워졌다.

'그래! 꼬리는 없지만 내 마음을 비쳐 줄 거야.'

물론 마음을 비춘다는 게 정확히 어떻게 하는 것인지 잘 모르는 흑오였다.

그러나 엄마—나부태태—와 비슷한 느낌을 주는 할머니가 이야기했다. 남자들은 바보 멍청이라고. 누가 자기를 좋아해 주면 겉으로는 아닌 척해도 속으로는 좋아서 입이 헤 벌어진다고.

'그도 그랬어! 내가 뱀을 구워주니까 겉으로는 인상을 찌푸려도 속으로는 좋아서 다 먹어치웠어. 그러니 어떻게든 꼬리를…….'

그렇게, 마음속으로 상상의 나래를 펴는 흑오였다.

그날 저녁.

"크흐흐, 고기, 고기!"

광마는 정신없이 노루 고기를 먹어치웠다.

흑오도 그에 뒤지지 않았다. 볼이 터져 나가도록 양손을 놀려댔다. 그러자 어른 열 명이 먹을 수 있는 고기가 순식간에 동이 났다.

이제 남은 건 손바닥만 한 목살 부위.

두 사람은 누가 먼저랄 것도 없이 손을 갖다 댔다.

파지직!

눈빛과 눈빛이 오가고,

'……!'

애처로운 표정으로 목젖을 꿀꺽 삼켜 보이는 광마.

새침한 표정으로 배시시 웃어 보이는 흑오.

'……?'

광마는 마치 못 볼 것을 본 사람처럼 슬그머니 손을 뺐다.

'누나가 이상해졌어…….'

그러거나 말거나 목살을 한입에 털어 넣으며 회심의 미소를 짓는 흑오.

'역시 남자들은 바보야!'

혼자 엉뚱한 결론을 내리며 고기를 먹어치우자 노부부는 두 사람의 식성에 놀라 한동안 입을 다물지 못했다. 그러다가 노파가 혹시나 하여 내뱉은 말.

"혹시 모자라면 국물이라도……."

"오오, 국물!"

"크르르!"

동시에 반색하는 두 사람을 보고 노부부는 할 말을 잃어버렸다.

혼전

魔道天下

찬바람 부는 냉룡령 중턱.

흑오와 광마가 따뜻한 방에서 펄펄 끓는 고기 국물로 배를 채우고 있을 동안, 숲 속에 쪼그리고 앉아 얼어붙은 육포 쪼가리로 허기를 때우며 이를 바득바득 가는 사람들이 있었다.

'으으, 조금만 더, 조금만 더 기다려 보자……!'

운룡검 유소기가 이끄는 추혼사신대였다.

그들은 혹시 저 쓰러져 가는 집에서 묵자후와 만나기로 약속했을까 봐 함부로 자리를 떠나지도 못하고, 그렇다고 공격할 엄두도 내지 못한 채 잠 한숨 못자고 흑오와 광마를 감시하고 있었다.

그렇게 조금만 더, 조금만 더 하며 기다리다 보니 어느새 나흘이란 시간이 훌쩍 지나고 이제 이 밤이 지나면 닷새가 되어버린다.

견디다 못한 곽 봉공이 어제부터 결단을 재촉했지만, 유소기는 오늘도 결론을 내리지 못 하고 있었다. 고왕 종리협을 통한 뇌존의 명이 워낙 지엄한 때문이었다.

"곽 봉공, 우리 하루만 더 참아봅시다. 아시다시피 예전에 우리가 아이들 실전 경험을 쌓아주기 위해 천금마옥을 활용했다가 엄청난 피해를 입지 않습니까? 그날 이후로 사부님께서 우릴 냉정하게 대하시니 이번만큼은 반드시 명을 완수해야 합니다. 그래야 저나 곽 봉공이나 명예 회복을 할 수 있습니다."

"휴우… 알겠습니다, 공자."

한숨을 쉬며 맥없이 고개를 끄덕이는 곽 봉공.

사실 나이로 보나 경험으로 보나 곽 봉공의 판단이 옳을 때가 많았다. 그러나 그는 조언자 역할에 머무를 수밖에 없었다. 그 이유는 영웅성의 독특한 편제 체제 때문이었다.

뇌존 탁군명은 현재보다 미래를 먼저 생각하는 사람이었다. 그래서 영웅성의 편제도 가능하면 젊은 사람 위주로 구성했다.

성주 직속인 군림전과 내전 역할을 맡고 있는 천추전, 그리고 법을 집행하는 명황각 등 외부 인사를 영접하거나 전체의

규율을 감독해야 하는 기관 외에는 모두 직계 자녀와 제자들에게 그 책임을 맡기고, 장로나 봉공들은 조언자 역할에 그치도록 한 것이었다.

그러다 보니 평소에는 아무 문제 없이 돌아가지만 이번처럼 의외의 상황에 부딪치면 신속하게 대처하지 못한다는 단점이 발생하곤 했다.

아무튼, 유소기의 고집 아닌 고집 덕분에 삼백 명의 추혼사신대는 그날도 밤을 꼬박 새워야만 했다. 그리고 다음날 아침.

모두 충혈된 눈으로 유소기의 명령을 기다리고 있을 때, 방문이 덜컥 열리더니 부스스한 얼굴의 광마가 나타났다.

태양부를 어깨에 걸치고 좌우로 목을 꺾는 광마.

그의 눈빛이 추혼사신대가 은신하고 있는 숲을 슬쩍 스치고 지나갔다. 광마의 입가에 기괴한 미소가 어리는 찰나, 흑오가 방을 나섰고 손에 보따리를 잔뜩 든 노부부가 뒤따라 나왔다.

'뭐 하려는 거지?'

추혼사신대는 의아한 표정으로 네 사람을 바라봤다.

"이거 가져가거라. 이 할미가 준비한 거다."

노파가 눈시울을 붉히며 흑오에게 보따리를 넘겨줬다.

어젯밤부터 정성 들여 만든 주먹밥과 노인이 캐 온 석청이

들어 있었다.

"석청은 많이 먹으면 배탈 나니까 하루에 두어 숟갈만 먹도록 해라. 주먹밥은 꼭꼭 씹어 먹고, 술병에 든 건 술이 아니라 꿩 고은 물이니 가다가 추우면 데워 마시도록 해라."

마치 시집간 딸에게 음식을 챙겨주듯 눈시울을 붉히며 보따리를 꼭 쥐어주는 노파.

노인은 그 옆에서 먼 산을 바라보는 체하다가 툭 내뱉듯 말했다.

"영지버섯 말린 거하고 마늘환 넣어준 건 왜 빼? 몸에 좋은 거니까 입에 안 맞더라도 꼭 챙겨먹어. 할망구 옷도 몇 벌 넣어놨으니까 추우면 껴입도록 하고."

그 말만 내뱉고는 다시 먼 산을 바라보는 노인.

'크르르…….'

흑오는 난생처음 받아보는 정에 어쩔 줄 몰라 했다. 그래서 나중에 다시 찾아와서 뱀 고기를 먹여주려고 마음속으로 다짐하고 있는데 광마가 옆에서 초를 쳤다.

"큼큼, 내 거는 뭐 없소? 난 입에 안 맞아도 잘 먹는데."

"캇!"

괜히 한마디 꺼냈다가 흑오에게 눈총을 받고 황급히 꼬리를 마는 광마.

혼자 뺨을 부풀리며 투덜거리다가 화풀이 상대를 찾듯 숲속을 노려본다.

그 눈빛에 흠칫하는 추혼사신대.

광마는 씨익 웃으며 태양부를 움켜쥐었다.

"쥐새끼는 아무 데서나 잡을 순 없지."

낮은 목소리로 중얼거리며 휙 뒤돌아서는 광마.

"그동안 고마웠소. 한숨 푹 주무시오."

그 말과 함께 광마는 노부부의 혼혈을 동시에 점해 버렸다.

"캇?"

맥없이 쓰러지는 노부부를 보고 흑오가 놀라 쇳소리를 토했지만 광마는 태연히 두 사람을 방 안에 뉘어놓고 흑오의 혼혈마저 점해 버렸다.

"음? 저놈이 뭐 하는 거야?"

유소기를 비롯한 추혼사신대는 영문을 몰라 고개를 갸웃했다. 그사이, 광마는 혼절한 흑오를 등에 업고, 노부부가 준 보따리를 챙겨 그녀의 가슴에 안긴 뒤 예전처럼 밧줄로 흑오를 꽁꽁 묶기 시작했다. 그리고는,

"우우우우우!"

쩌렁쩌렁한 장소성을 터뜨리며 바람처럼 냉룡령 아래로 날아가기 시작했다.

"이런!"

"저 약아빠진 놈!"

"놈이 달아난다! 어서 잡아!"

추혼사신대는 허를 찔린 듯 서로를 보다가 급히 추격에 나섰다.

광마와 추혼사신대가 모두 냉룡령을 떠나고 나자 어느 암벽 아래 있던 흙더미가 통째로 들썩이기 시작했다.

뒤이어 시커먼 흑의를 입은 괴인들이 무덤 속에서 뛰쳐나오듯 하나둘 땅속에서 튀어나왔다.

"크르르……."

새파란 귀기를 흘리며 좌우를 둘러보던 그들. 어딘가를 향해 귀를 쫑긋 세우더니 동시에 몸을 솟구쳐 광마가 떠난 방향으로 날아가기 시작했다.

*　　*　　*

기련산맥 동쪽 산세 중 하나인 주랑남산(走廊南山) 입구.

"음? 이게 무슨 소리지?"

"그러게요. 엄청난 공력인데요?"

"강호에 저런 무지막지한 공력을 가진 자가 있었나?"

세 사람이 고개를 갸웃거리며 걸음을 멈췄다.

정신없이 단결봉으로 달려가고 있던 음풍마제와 무풍수라, 흡혈시마였다.

"어떻게, 잠깐 들렀다가 갈까요?"

무풍수라가 음풍마제를 보며 묻자 흡혈시마가 불퉁하니

고개를 저었다.

“형님, 그럴 시간이 어딨소? 신경 끄고 얼른 회합 장소로 갑시다.”

“이놈의 자식이 어른 말씀하시는데 싸가지없이? 이놈아! 누가 시간이 남아돌아서 가보자더냐?”

“그럼요?”

“어이구, 한심한 놈. 머리가 있으면 생각 좀 하고 살아라. 벌써 우리가 늦었잖냐. 그래서 혹시 정파 놈들이 회합 장소를 어떻게 알고 기습을 가했을까 봐 그러는 거다!”

“참나, 형님 머리나 내 머리나 거기서 거긴데 생각하고 자시고 할 게 뭐 있소? 그리고 단결봉에서 여기까지 거리가 얼만데 벌써 일이 벌어졌을까?”

“이놈의 자식이? 만에 하나라는 것도 있잖아!”

두 사람이 옥신각신하며 눈에 불을 켜자 음풍마제가 인상을 썼다.

“또 시작이군. 네놈들은 어째 입만 열면 싸움이냐? 이왕 싸울 거면 목숨 걸고 싸우든지, 안 그럴 거면 입 다물어. 생각 좀 해보게!”

“합.”

두 사람은 동시에 입을 다물었다.

기련산이 가까워질수록 음풍마제의 신경이 날카로워졌다는 걸 알기에 미리 몸을 사리는 것이다.

"……."

음풍마제는 한동안 눈을 감고 생각에 잠겼다. 정확히는 생각을 하고 있는 것이 아니라 정신을 집중해 장소성이 흘러나오는 곳 주변을 탐색하고 있는 중이었다.

"음……! 아무래도 가봐야겠군. 심상치 않아. 꽤 많은 인원이 움직이고 있고, 막 싸움이 벌어지기 시작했어."

그 말에 무풍수라가 기광을 번뜩였다.

"몇 사람쯤 되고 거리는 얼마나 됩니까?"

"동쪽으로 삼백 장, 양쪽 합쳐서 사백 명쯤 돼."

"이런! 정말 일이 벌어진 것일 수도 있겠군요!"

"알 수 없지. 먼저 출발한다. 뒤따라와!"

그 말이 끝나기 무섭게 까만 점으로 변해가는 음풍마제.

"어이쿠, 같이 갑시다, 대형!"

무풍수라를 어깨에 태운 흡혈시마가 허겁지겁 음풍마제를 뒤따랐다.

* * *

"크크크! 이것들, 정말 성가시게 구는군!"

광마는 흉악한 표정으로 뺨을 씰룩였다.

한낱 쥐새끼들이라고 생각해 산 아래로 유인했는데 의외로 손해를 보고 있는 중이었다.

놈들이 어찌나 지독한지 벌써 몸에 상처가 났다. 그런데도 아직 이백 명 정도가 포위망을 형성하고 있으니 입맛이 매우 썼다.

광마의 무위를 감안하면 실로 대단한 실력들이었지만, 오히려 손해를 보고 있다고 생각하는 쪽은 추혼사신대였다.

"으으, 저게 사람이냐, 괴물이냐?"

"강노(强弩)도 안 통하고 투삭(投鎙)도 무용지물이라니……."

망연자실한 표정으로 광마를 노려보는 추혼사신대.

특히 유소기는 참담한 표정으로 눈꼬리를 부르르 떨었다.

애초에 놈을 추적하면서부터 강자라는 건 알고 있었지만 저 정도로 무지막지한 괴물이었을 줄은 몰랐다.

추혼사신대 삼백 명이면 오대세가는 눈에도 안 차고, 강호의 태산북두라 불리는 소림사나 무당파와도 자웅을 겨룰 수 있다고 생각했거늘.

"그러나 이젠 끝이다, 놈!"

유소기는 싸늘한 눈빛으로 수하들에게 검진을 명했다.

대연환검진(大連環劍陣)!

육 년 전, 천금마옥에서 완벽하게 가다듬은 검진이었다.

두 개의 원진이 교차로 회전하면서 공, 수 양쪽의 위력을 급격히 증폭시켜 주는 검진.

저 진형으로 천금마옥 마인들을 위협했을 정도니 광마 한 사람쯤이야.

"날뛰는 호랑이는 정면으로 상대할 필요가 없지. 차륜전으로 힘을 빼면서 천천히 사로잡는 거야."

그렇게 자신만만해하며 상황을 지켜보고 있는데, 이게 어찌 된 일인가?

갑자기 등 뒤에서 무시무시한 기운이 접근하고 있다.

"전원 경계!"

유소기가 수하들에게 주의를 촉구하는 순간, 정체불명의 인물들이 몰려와 검진의 한 축을 무너뜨리기 시작했다.

"도대체 저놈들은 뭐야?"

어이가 없어 안력을 모아보니 무려 백 명에 이르는 괴인들이 새파란 귀기를 흘리며 광마 쪽으로 접근하고 있다.

"설마, 소문의 그 강시?"

유소기가 날벼락을 맞은 듯 멍하니 추혼백팔사자를 보고 있을 때, 광마도 흠칫한 표정으로 그들을 노려봤다.

'젠장! 저 찰거머리 같은 놈들이 하필이면 이럴 때…….'

광마가 추혼백팔사자를 보고 인상을 찌푸리는 이유.

저 죽지도 않는 괴물들이 한사코 자기만 뒤쫓아오기 때문이다. 그것도 무시무시한 살검을 휘두르며.

저놈들 때문에 은혜연을 따라갔다가도 영웅성 주변을 맴돌며 숨바꼭질을 벌일 수밖에 없었다.

그런데 이런 난처한 상황에 하필 저놈들이 나타나다니.

'빌어먹을!'

잘못하면 오늘은 낭패를 당하겠구나 싶어 태양부를 불끈 움켜쥐는데,

"어라? 저놈들이 왜 저래?"

평소와 달리 놈들이 검을 거두더니 마치 호위병처럼 원진을 형성한다. 뒤이어 누군가가 등 뒤에서 허리를 콕콕 찔러온다.

"크르르."

흑오였다. 걱정 말라는 듯 눈을 찡긋거리고 있었다.

"후우, 후우. 삼백 장이라더니 이게 무슨 삼백 장이요?"

흡혈시마가 가쁜 숨을 내뱉으며 투덜댔다.

'쉿!'

음풍마제는 검지를 입술에 갖다 대며 눈을 부라렸다.

"쳇, 무슨 일인데 그러시오?"

흡혈시마가 못마땅한 표정으로 고개를 내밀었다.

"엥? 저놈들 뭐야? 어디서 많이 본 듯한 놈들인데?"

"이놈이, 조용하라니까!"

퍽!

"윽!"

"그놈의 주둥이, 콱?"

'합!'

이마를 얻어맞고 비명을 지르다 급히 입을 틀어막는 흡혈시마.

눈치 빠른 무풍수라가 전음으로 물었다.

"혹시 그때 그놈들 아닙니까?"

음풍마제는 말없이 고개를 끄덕였다. 순간, 무풍수라와 흡혈시마의 전신에서 강렬한 살기가 흘러나왔다.

"그럼, 놈들이 공격하고 있는 저 거한은 누굴까요?"

"글쎄, 엄청난 괴물인데 우리 쪽은 아닌 것 같군."

"저 꼬마 계집애는요? 까무잡잡한 게 아주 귀엽게 생겼는데요? 흐흐."

흡혈시마가 침을 꿀꺽 삼키며 묻자 음풍마제가 다시 그를 노려봤다. 당연히 입을 다물며 눈을 내리까는 흡혈시마.

음풍마제는 잠시 그를 쏘아보다가 바위틈으로 보이는 추혼백팔사자를 가리키며 신중한 표정으로 말했다.

"저 어린 계집애를 보호하고 있는 이들은 아무래도 강시인 것 같다."

"예? 강시라구요?"

해연히 놀라는 두 사람.

"그럼 어떻게……?"

무풍수라의 물음에 음풍마제는 잠시 고민하다 대답했다.

"지켜보다가 놈들을 친다!"

"놈들이라면 어느 쪽? 이크! 알겠습니다. 당연히 저 쳐 죽일 놈들이죠. 네……."

세 사람은 동시에 공력을 끌어올리며 조용히 전면을 주시했다.

"크크크. 이놈들, 덤벼! 모두 덤비라구! 크하하하하!"

광마는 흉소를 터뜨리며 미친 듯이 태양부를 휘둘렀다.

조금 전까지만 해도 추혼백팔사자의 등장에 가슴이 철렁 내려앉은 그였으나, 의외로 그들이 흑오를 보호하고 나서자 그때부터 마음이 든든해졌다.

'역시 누나는 뭔가 달라! 나와는 차원이 다른 사람이야!'

자신은 치를 떠는 추혼백팔사자를 말 잘 듣는 강아지처럼 부리다니.

이제 뒤를 걱정할 필요가 없어 용기백배하여 전면으로 뛰어든 것이다.

가뜩이나 십 척에 이르는 덩치가 솥뚜껑만 한 태양부를 휘두르며 좌충우돌, 마구잡이로 공격을 가해오자 추혼사신대는 정신없이 뒤로 밀리기 시작했다.

그러나 추혼사신대는 정말 만만찮았다.

하긴 그들이 초절정고수 한 사람—실제로는 그 이상이었지만—에게 무너질 정도였다면 뇌존이 묵자후를 잡으라고 그들을 보냈을 리 없다.

피가 튀고 비명이 메아리치는 와중에도 그들은 전열을 흩뜨리지 않았다.

한 발 한 발 뒤로 물러서거나 옆으로 우회하여 조금씩 광마를 에워싸기 시작했다.

흑오를 보호하고 있는 추혼백팔사자에게서 광마를 분리하기 위해서였다.

이른바 맹수포획법.

날뛰는 야수를 무리에게서 떼어내 차례로 척살하는 수법이었다.

그러나 그 전략에 결정적인 허점이 있었으니, 그건 바로 광마가 상상을 초월하는 고수였다는 사실이다.

아무리 차륜전을 쓰고 맹수포획법을 써도 피해가 점점 늘어나기만 했다.

"할 수 없군! 풍운조(風雲組)만 저놈을 막고, 나머지는 모두 저 계집을 잡아!"

결국 안 되겠다 싶었는지 유소기가 수하들에게 명을 내리며 직접 전면으로 뛰어들었다.

일단 흑오부터 사로잡으려는 의도였다.

파라라락!

명이 떨어지자 백이십여 명의 추혼사신대가 일제히 방향을 틀어 흑오 쪽을 급습했다. 나머지 오십여 명은 동귀어진(同歸於盡)을 불사하며 광마를 막아섰다.

"크르르!"

흑오의 눈빛이 서서히 달아오르기 시작했다.

크게 위험한 건 없지만, 포위망에 갇힌 광마를 보니 울컥한 기분이 들었다. 동시에 자신을 보호하고 있는 이들에게 마구 공격을 퍼붓는 추혼사신대를 보자 더 이상 분노를 억누를 수 없었다.

"캇! 카카캇!"

급기야 흑오의 입에서 강한 쇳소리가 흘러나왔다.

의미를 알 수 없는 괴성이었지만 강한 분노가 담겨 있다는 건 모두 알 수 있을 정도였다.

그래서일까?

"캬오오!"

"크르르!"

흑오를 에워싼 채 가만히 서 있던 추혼백팔사자가 동시에 괴성을 터뜨리기 시작했다. 그리고 모두 흑오의 기분에 동화된 듯, 흉성을 터뜨리며 무자비하게 추혼사신대와 맞서기 시작했다.

"캬오오!"

"크카카카카!"

고막을 웅웅 울리는 섬뜩한 기음.

전신을 압박해 오는 무시무시한 살기.

추혼백팔사자가 본격적으로 손을 쓰기 시작하자 같은 '추혼' 이라는 명칭이 붙어 있는 추혼사신대는 혼을 쫓기는커녕 오히려 반쯤 혼이 나가 거의 일방적으로 무너지기 시작했다. 그런데도 유소기는 도리어 눈을 빛냈다.

"좋아! 드디어 틈이 보이기 시작하는군!"

이제껏 인의 장벽에 가려있던 흑오가 수하들의 희생으로 그 모습을 드러내기 시작한 것이었다.

'이제 저 계집만 잡으면 돼!'

이미 작전은 실패한 거나 마찬가지.

할 수 없이 저 계집이라도 확보해야 한다. 그래야 사부를 볼 면목이 생긴다!

"공자, 제가 앞장서겠습니다!"

곽 봉공이 검강을 번쩍이며 앞으로 나아갔다.

그에게 달려들던 두 명의 추혼백팔사자가 목을 움켜쥐며 버둥거렸다.

유소기는 그들의 심장에 또 한 번 검을 찔러 넣으며 좌우를 살펴봤다.

수하들이 어느새 반으로 줄어들어 있었다.

"이런 한심한 것들! 강시들을 상대로 정공법을 펼쳐서 뭘 어쩌자는 거야? 암기를 이용해서 한 놈씩 밖으로 유인해!"

유소기가 명을 내리자 급히 전법을 바꾸는 추혼사신대.

광마를 떼어낼 때처럼 강시들을 유인해 하나둘 뒤로 빠지기 시작했다.

그때부터 유소기나 곽 봉공이 받는 압력이 현저히 줄어들었다. 반면 수하들은 유인의 대가로 비참하게 죽어갔다.

'상관없어! 시간만 벌면 돼!'

어차피 수하들은 소모품에 불과하다.

이제껏 키운 세월이 아깝긴 하지만 죽은 자의 빈자리는 언제나 채울 방법이 있다. 본성에 가면 추혼사신대에 들고 싶어 하는 대기자들로 늘 인산인해를 이루니.

'이제 열 걸음 안쪽!'

유소기는 검병을 불끈 움켜쥐었다.

등 뒤를 급습해 오는 추혼사자의 가슴을 쪼개 버리며 한 발 한 발 흑오와의 거리를 줄여 나갔다. 그리고 마침내, 흑오를 눈앞에 두게 됐다.

"크르르……!"

흑오는 잠시 당황했다.

사방에서 혼전이 벌어지고 있는 상황.

양쪽 다 검은 옷을 입고 정신없이 움직이니 누가 누군지 구분이 안 갔다.

검광이 번뜩이고 피가 튀어 오르고 여기저기서 비명이 흘러나오는 가운데 시야가 몇 번 가려졌다가 다시 트였다.

그런데 느닷없이 두 명의 고수가 튀어나오더니 검으로 자신의 목을 겨누고 있다.

눈앞이 아찔했지만, 흑오는 본능적으로 보법을 펼쳤다.
묵자후가 가르쳐 준 필생필사보.
동시에 비도를 꺼내 두 사람에게 던진 뒤 그들과 거리를 벌리려 했다.
그러나 두 사람은 상상도 못할 고수였다.
"음? 이년 봐라?"
가볍게 비도를 피하며 다시 검을 겨눠왔다.
"헙?"
흑오는 가슴이 철렁 내려앉았다.
워낙 번개 같은 움직임이라 미처 염파를 펼칠 시간도 없었다.
당황한 흑오는 다시 몸을 움직였다.
허깨비처럼 이동하는 보법, 환환미리보였다.
"어쭈? 이년이 가지가지 하는군!"
유소기의 눈매가 바짝 곤두섰다.
벌써 두 번이나 헛손질을 해버린 때문이었다.
반면, 곽 봉공은 고개를 갸웃했다.
어디선가 본 듯한 보법이었기 때문이다.
'대단하긴 하지만, 그래 봤자지!'
곽 봉공은 검극을 흑오의 목에 겨눈 채 가볍게 손가락을 튕겼다. 아예 보법을 펼치지 못하게 검결지를 취한 손으로 다섯 줄기 지풍을 날린 것이었다. 그것도 흑오의 시선이 미치지 못하는 곳, 발등을 향해서였다.

그런데,

쐐애애액!

갑자기 등 뒤에서 소름 끼친 기파가 날아왔다.

그야말로 섬전을 방불케 하는 속도.

거기다 무시무시한 경력이 담겨 있어 온몸의 털이 바짝 곤두섰다.

'도대체 누가?'

조금 전의 그 거인은 아니다.

그는 아직도 수하들과 싸우고 있으니.

'그렇다면 제삼의 인물?'

곽 봉공은 짧은 순간, 상황을 유추하며 나름 고민했다.

이대로 검을 찔러 넣으면 흑오의 목은 취할 수 있을망정 자신의 뒤통수가 으스러져 버리고 만다.

만약 뇌존의 명이 흑오를 죽여 버리는 것이었다면 자기 머리가 뚫려도 검을 밀어 넣을 곽 봉공이었다.

그러나 그가 받은 명은 흑오를 죽이는 게 아니라 묵자후를 사로잡는 것.

'할 수 없지!'

곽 봉공은 아쉬운 표정으로 몸을 피했다.

지풍은 거뒀을망정 검극은 여전히 흑오를 향한 채였다.

실로 눈이 휘둥그레질 정도로 뛰어난 대응이었지만, 상대는 그보다 한술 더 떴다.

깡!

묘하게 경력의 방향을 틀어 곽 봉공의 검극을 부숴 버렸다. 그리고 더더욱 놀라운 건 곽 봉공만 당한 게 아니라는 사실이었다.

유소기 역시 망연자실한 표정으로 부러진 검을 들고 급히 몸을 틀고 있었다.

"누구냐! 비겁하게 등 뒤를 공격하다니, 정체를 드러내라!"

유소기의 고함 소리가 사방에 울려 퍼졌다.

"흐흐, 대형, 저놈이 대형더러 비겁하다는데요?"

무풍수라가 씩 웃으며 음풍마제를 쳐다봤다.

음풍마제는 유소기를 바라보는 대신 흑오에게 시선을 집중하고 있다가 휙, 몸을 날렸다.

"어이쿠! 저 영감님, 또 혼자 움직이시네?"

흡혈시마가 투덜거리며 그 뒤를 따랐다.

무풍수라는 흡혈시마 어깨 위에 앉아 느긋한 표정으로 장내를 둘러봤다.

장내는 차츰 정리되어 가는 분위기였다.

흑오가 위기에 처하자 흥분한 추혼백팔사자들이 괴력을 발휘하고 있었기 때문이다.

목이 떨어져 나가고 팔다리가 잘려 나가도 상대를 끌어안고 살수를 펼치는 등 무시무시한 기세로 놈들을 물리치고 있었다.

광마도 마찬가지였다.

자기 몸을 돌보지 않고 강기를 내뿜으며 흑오 쪽으로 다가오고 있었다.

어차피 운룡검 유소기나 곽 봉공, 더하여 여섯 명의 조장급이 아니면 도검(刀劍)도 통하지 않는 괴물들.

그들이 몸을 돌보지 않고 살수를 펼치자 그 막강하던 추혼사신대가 공포에 질려 하나둘 걸레짝처럼 쓰러져 갔다.

"정말 가공할 괴물들이군!"

강시들이야 그렇다 쳐도 성난 코끼리처럼 날뛰는 광마를 보니 천하의 무풍수라도 괜히 목이 움츠려졌다.

"아무튼, 우리 대신 복수를 해주니 기분은 좋네."

이제 남은 추혼사신대는 불과 오십여 명.

사방에 피와 시체가 난무했지만 무풍수라는 눈도 깜짝 않았다.

오히려 아쉬운 듯 입맛을 다시다가 시선을 돌려 전면을 노려봤다.

"저것들은 또 뭐야?"

유소기는 어이가 없어 눈을 끔뻑였다.

흑오를 제압하려는 순간 무시무시한 살기가 날아들어 혹

시 광마가 수하들을 물리치고 등 뒤를 기습해 온 줄 알았다.

그런데 저게 뭔가?

하나같이 송장에 가까운 늙은이들이다.

그나마 한 사람은 잘려 나간 다리 한쪽에 목발을 끼워 넣었을망정 은발은염에 강렬한 기도를 풍기고 있었지만, 나머지 두 사람은 팔이 없고 다리가 없어 무등 신세로 서로 의지하며 뒤뚱뒤뚱 움직이고 있다.

"저런 병신 같은 늙은이들이 내 검을 부러뜨렸단 말인가?"

유소기가 눈을 가늘게 뜨며 살기를 드러냈다.

그러나 곽 봉공은 가슴이 철렁하여 눈을 부릅떴다.

"설마… 천금마옥?"

틀림없는 것 같았다.

저렇게 독특한 기도를 내뿜는 노인들은 강호에 극히 드무니까.

그런 추측을 확인시켜 주듯 은발은염의 노인이 입꼬리를 씨익 말아 올리며 말했다.

"그날, 네놈들에게 육백 명이 죽었지."

신선 같은 풍모에 어울리지 않는 으스스한 말투.

"정확하게는 육백서른세 명이었죠, 대형."

기괴한 미소를 흘리며 흉광을 번뜩이는 이심동체의 노인.

그들의 전신에서 가공할 마기가 뻗어 나왔다.

"곽 봉공, 설마 저 늙은이들이……?"

유소기도 이제 상황을 파악한 듯 긴장한 표정으로 물었다.

"그렇습니다, 공자. 바로 그놈들입니다!"

곽 봉공의 대답이 흘러나오는 순간 유소기의 안색이 급격히 굳어갔다.

실로 진퇴양난의 상황이었기 때문이다.

수하들은 이미 괴멸 직전에 이르러 살아남은 자는 서른 명도 채 되지 않는다. 그런데 앞쪽에는 천금마옥에서 살아 나온 세 늙은이와 십 척 거한이 다가오고 있고, 좌우에는 강시들이 우글거린다.

실로 기가 막힌 상황이었지만, 유소기는 낙심하지 않았다.

'다행히 우리에겐 비장의 패가 있지!'

유소기는 재빠르게 지풍을 날려 흑오의 마혈부터 찍으려 했다.

그러나 음풍마제의 도움으로 위기를 벗어난 흑오는 벌써부터 평정심을 회복하고 있었다. 그래서 묘하게 발을 놀려 가볍게 유소기의 손길을 피해 버렸다. 그러자 음풍마제의 눈이 번쩍이며 환상처럼 공간을 단축해 양손으로 유소기를 공격했다. 순간 곽 봉공이 검을 휘둘러 음풍마제를 공격했고, 그 틈을 노려 유소기는 다시 흑오를 공격했다.

"크르르!"

흑오의 눈이 시뻘겋게 변하고 두 눈동자에서 사이한 빛이 발출되려는 찰나,

"크흐흐, 이놈! 네놈은 우리랑 놀아보자꾸나!"

갑자기 흡혈시마와 무풍수라가 나타나 유소기의 공격을 차단했다.

흑오는 어리둥절한 표정으로 뒤로 물러났고, 그때부터 다섯 사람은 숨 막히는 격전을 벌여 나갔다.

그러나 엄밀히 말해 숨 막힌 격전이란 표현은 곽 봉공이나 유소기에게만 해당됐다.

음풍마제와 무풍수라 등은 오랜만에 몸을 푼다는 듯 가가대소를 터뜨리며, 그러나 한 치의 방심도 허락하지 않는 팔성 정도의 공력으로 두 사람을 상대하고 있었다.

특히 음풍마제는 그의 성명절기인 아수라파천무를 펼치고는 있었지만, 최후 절초인 천지멸절무 대신 혈옥수(血玉手)나 암흑쇄겁수(暗黑碎劫手) 위주로 싸우고 있었다. 그런데도 곽 봉공의 안색은 보기 딱할 정도로 굳어가기 시작했다.

'으으… 이자의 무위가 이 정도였단 말인가?'

곽 봉공이 놀라는 이유는 과거에 그가 싸우는 모습을 본 적이 있었기 때문이다. 그때 자기 휘하에 있던 용조나 호조 조장들조차 상대하지 못하던 위인이 언제 이렇게 내공이 늘었단 말인가?

그와 초식을 교환할 때마다 검을 쥔 손에 음한한 기운이 스며들어 온몸에 오한이 일었다. 더구나 자신의 검강을 수월하게 맞받아치는 저 지강(指罡)이라니.

강호에 맨손으로 지강을 펼칠 수 있는 이가 과연 몇이나 되겠는가?

때문에 곽 봉공은 음풍마제와 부딪칠 때마다 깊은 발자국을 새기며 조금씩 뒤로 밀려나기 시작했다.

유소기는 그 모습을 보고 암담한 절망감을 느꼈다.

곽 봉공이 누구던가?

육 년 전, 수하들의 실전 경험을 쌓아주기 위해 직접 전대(前代) 거마들이 우글거리는 천금마옥행을 결정했을 정도로 배포가 넘치는 무인이다.

마정대전 때까지는 전혀 이름이 알려지지 않았지만, 그때도 이미 절정의 무위를 자랑하고 있었고 지금은 그 무위가 초절정에 이르러 있다.

영웅성 내에서 통용되는 그의 별호는 능광패검(凌光覇劍)!

대저 패검이란 기검(氣劍) 위주의 중검(重劍), 즉 검력(劍力)을 중시하는 검공을 일컫는다. 그런데 그 중검이 빛보다 빠르다면?

비슷한 경지에 있는 사람도 아차 하는 순간 목숨을 잃게 된다.

그만큼 강한 무위를 지니고 있기에 당시에도—비록 내공에 금제가 가해져 있었다지만—혈영노조와 대치를 벌이다가 무사히 천금마옥을 빠져나온 사람이었다.

그런 그가 혈영노조도 아닌 저런 노인에게 밀릴 줄이야!

유소기는 심각한 얼굴로 고민하다가 내심 결단을 내렸다.

'어쩔 수 없이 사부님께서 전수해 주신 검법을 써야겠구나!'

곽 봉공이 밀리면 자신의 생사도 장담할 수 없다. 더구나 저 괴인들의 수법이 어찌나 해괴한지 벌써부터 머리가 어지럽고 손발이 뒤엉키고 있었다.

아래쪽에 있는 비대한 덩치는 통나무 같은 다리로 벼락같은 각법을 펼쳐 오고, 위쪽에 있는 곰보 늙은이는 기괴한 눈빛으로 정신을 혼란케 만들며 연달아 장력을 뿌려온다. 그에 맞서 검법을 펼치려 하면 어느새 두 사람이 분리하여 양쪽에서 합공을 펼쳐 오고, 어이가 없어 뒤로 물러나면 다시 합체하여 상하로 공격해 오니 도대체 한 사람을 상대로 싸우는지, 두 사람을 상대로 싸우는지 구별이 가지 않았다.

거기다 두 사람의 공력 또한 어찌나 대단한지 일반적인 검법으로는 도저히 상처를 입힐 수 없었다. 그러니 생사의 위기에 처하기 전에는 절대 펼치지 말라던 뇌존의 절기, 뇌력무형검(雷力無形劍)을 사용할 수밖에 없다는 판단이 들었다.

"타아압!"

유소기의 입에서 쩌렁쩌렁한 기합성이 터져 나왔다. 동시에 그의 검극에서 새파란 검광이 맺히더니 하늘 끝에서 땅끝까지, 수직으로 된 검강이 벼락처럼 튀어나갔다.

"헙!"

"피해!"

무풍수라가 급히 소리쳤다. 동시에 그는 물구나무를 서듯 흡혈시마의 등 뒤로 쏙 숨어버렸다.

그러나 흡혈시마는 미처 피할 시간이 없었다.

"이런 빌어먹을 영감탱이! 또 나를 방패막이로 써먹어?"

급박한 순간인데도 무풍수라에게 욕을 퍼부으며 전력을 다해 금강폭혈공을 운용하는 흡혈시마.

쾌애애애액!

우두두두둑!

소름 끼친 검강이 코앞에 들이닥치는 순간, 흡혈시마의 몸이 급격히 커지며 주변의 기운을 모조리 빨아들이기 시작했다. 뒤이어 내외상합의 과정으로 들어가는 찰나,

쩌어억!

통나무 쪼개지는 소리와 함께 새파란 검광이 흡혈시마의 전신에 작렬했다.

"베었다!"

유소기가 주먹을 불끈 움켜쥐며 소리쳤다.

과연, 흡혈시마의 전신에 세로로 된 긴 검흔이 새겨졌다. 이마에서 시작해 아랫배 끝까지.

'이제 저 상처가 갈라지고 시뻘건 핏물이 콸콸 흘러내리면… 흘러내리면…….'

아쉽게도 유소기의 기대는 희망사항에 불과했다.

"끙! 아이고, 아파라……."

오만상을 찌푸리며 고개를 흔드는 흡혈시마.

황당하게도 그의 상처가 감쪽같이 회복되기 시작했다.

"이, 이것이, 이것이……?"

유소기는 너무 놀라 말을 잇지 못했다.

그런 그의 두 눈에 뱀 같은 눈을 반짝이며 씨익 웃는 곰보 노인의 얼굴이 들어왔다. 뒤이어 그의 심장으로 두 줄기 장력이 날아들었다.

흡혈시마 등 뒤에 숨어 있던 무풍수라가 날린 장력이었다.

"크읏?"

흑오는 흡혈시마를 보며 두어 번 눈을 비볐다.

혹시 내가 잘못 본 게 아닐까?

느닷없이 나타나 자신을 구해준 사람들.

익숙했다. 너무 익숙해서 눈물이 다 나올 지경이었다.

'틀림없어! 그가 펼치던 무공이야!'

언제였던가?

푸른 강물 위, 어느 배 안에서 나쁜 사람들과 싸울 때 그의 몸도 저렇게 커졌다. 그리고…….

흑오의 시선이 분홍색으로 물들어 있는 무풍수라의 눈을 향했다.

'엄마가 돌아가시기 전에, 나쁜 도사들과 싸울 때 그의 눈빛도 바로 저랬어!'

또 있다.

맨 처음 나타나 자신을 구해준 신선 같은 할아버지!

지금은 손에 열 줄기 광채를 번뜩이며 친구들을 마구 베어 버리던 나쁜 사람의 심장을 꿰뚫는 무서운 할아버지!

'그도 저랬어! 엄마가 돌아가시기 전에 나쁜 도사들을 물리치면서 저렇게 빛나는 손을 움직였어! 그리고 나한테도 그 손을 가르쳐 준다고 약속했었어! 틀림없어! 그가 가르쳐 주기로 했던 바로 그 손이야!'

흑오는 묵자후가 감탄할 정도로 눈썰미가 뛰어났다. 또한 그 어떤 어려운 동작도 단번에 따라 할 정도로 천재적인 오성(悟性)을 지니고 있었다.

그러나 저 손만은 따라 할 수 없었다. 그래서 묵자후가 나중에 가르쳐 준다고 했고, 그런 이유로 분명히 기억하고 있었다.

'저 손의 이름은 아수라파천무라고 했었어!'

흑오는 자기도 모르게 눈시울을 붉혔다.

자기를 구해준 할아버지들이 그와 가까운 사람인 것 같아, 그래서 그를 보는 듯한 기분이 들어 감정이 북받쳤기 때문이었다.

동행

魔道天下

"아가야, 왜 우느냐?"

신선 같은 할아버지가 다정하게 물어왔다.

'크르르…….'

흑오는 뭐라고 대답하려 했지만 말문이 열리지 않았다.

그런 자신이 바보같이 느껴져 속상해하고 있는데 발 없는 곰보 할아버지가 웃으며 말했다.

"크흐흐, 대형, 아무래도 저 아이가 대형을 무서워하는 모양입니다."

'아니에요!'

흑오는 급히 고개를 가로저었다. 그러자 팔 없는 돼지 할아버지가 인상을 쓰며 말했다.

"이 녀석, 혹시 벙어리 아뇨?"

그 말에 흑오는 바락, 눈을 치떴다.

"크르르!"

드디어 말문이 열렸다.

'나 벙어리 아니에요!'

그런 표정으로 흡혈시마를 노려봤다.

"호! 요 녀석 봐라? 감히 이 어르신네를 노려봐?"

흡혈시마가 기가 막힌다는 듯 흑오를 마주 노려봤다. 그러자 등 뒤에서 쿵, 쿵, 쿵! 하는 발자국 소리가 들려왔다.

흠칫 고개를 돌리니 십 척에 이르는 거구, 광마가 화난 표정으로 다가오고 있었다.

그가 솥뚜껑만 한 도끼를 흔들며 말했다.

"도와준 건 고맙지만, 누나를 화나게 하면 죽여 버리겠다!"

그 무지막지한 위협에 흡혈시마는 자기도 모르게 어깨를 움찔 떨었다. 광마의 거대한 덩치에 잠시 위축이 된 것이었다.

그러나 흡혈시마가 누군가?

이천 명이 넘는 천금마옥 마인들 가운데서도 잔인포악하기로 손꼽히던 사람이 아니던가?

"이놈의 곰탱이 자식이 누구에게 죽여 버린다 만다야?"

그 말과 함께 두 눈을 치뜨며 우두둑! 금강폭혈공을 운용했다. 광마의 큰 키에 꿀리기 싫어서였다.

그러나 금강폭혈공을 운용해도 광마의 키에는 미치지 못했다.

흡혈시마는 화가 나서 소리쳤다.

"형님! 뭐 하슈? 얼른 제 위로 올라와요!"

"왜? 아까는 내려가라매?"

"그……."

흡혈시마는 순간적으로 말문이 막혔다.

아까 유소기의 검에 맞아 죽을 뻔할 때 등 뒤로 숨어버린 무풍수라가 얄미워 앞으로 평생 무등을 태워주지 않겠노라고 선언해 버린 기억이 난 것이다.

"젠장! 그 말은 잊어버리쇼. 앞으로 계속 형님을 모실 테니 올라올 거요, 말 거요?"

"그렇다면 당연히 올라가야지, 흐흐."

무풍수라가 올라오자 이제 흡혈시마 쪽의 키가 더 커졌다. 그러자 웃기게도 이번엔 광마의 어깨가 움찔했다.

"비겁하게 두 놈이 힘을 합치다니……."

광마는 슬그머니 흑오를 바라봤다. 그러나 흑오 키로는 안 되겠다 싶었는지 옆에 있는 추혼백팔사자 중 가장 키가 큰 강시를 쳐다봤다.

그러나 광마에겐 눈길도 안 주는 추혼사자.

"젠장!"

광마는 흡혈시마와 똑같은 욕설을 내뱉으며 궁여지책으로 태양부를 머리 위로 치켜세웠다.

그러자 흡혈시마가 인상을 구기더니 땅바닥에 나뒹굴고 있는 검을 차올려 무풍수라에게 넘겨줬다.

당연히 머리 위로 검을 세워 드는 무풍수라.

기막힌 광경이었다. 어린애도 아니고, 서로 키를 비교하며 기 싸움을 벌이다니.

"뭣들 하고 있는 거냐?"

결국 보다 못한 음풍마제가 호통을 쳤다. 동시에 흑오가 광마를 째려봤다.

움찔하며 도끼를 내리고 검을 감추는 세 사람.

음풍마제는 한심하다는 듯 혀를 끌끌 차다가 흑오 쪽으로 시선을 돌렸다. 그리고는 공력을 운행해 가벼운 보법을 펼쳐 보였다.

"필생필사보라 한다. 아느냐?"

흑오는 눈을 빛내며 고개를 끄덕였다.

음풍마제는 또 다른 보법을 펼치며 물었다.

"환환미리보라 한다. 아느냐?"

이번에도 흑오는 고개를 끄덕였다.

음풍마제는 이제 손에 열 줄기 광채를 내뿜으며 몇 가지 가벼운 동작을 취했다.

"아수라파천무라 한다. 아느냐?"

흑오는 크게 고개를 끄덕였다가 도리도리 저었다.

알기는 알지만 할 줄은 모른다는 뜻.

그러자 흡혈시마가 불쑥 끼어들었다.

"금강폭혈공이라 한다. 아느냐?"

그러면서 양손에 알통을 만들어 보이는 흡혈시마.

"이놈이?"

"아, 왜요? 내 무공도 아는가 싶어서 그래요."

"쿡쿡."

흑오는 웃으며 고개를 끄덕여 줬다.

"신기한 녀석이군."

헤벌쭉 웃으며 어깨를 으쓱이는 흡혈시마.

무풍수라가 뿌루퉁한 얼굴로 투덜거렸다.

"젠장, 난 신법을 펼칠 수 없으니 저 애가 알아볼 수 없겠군."

그러나 도리도리 고개를 젓는 흑오.

"엥? 내 무공도 안다고? 어떻게?"

흑오는 대답 대신 눈을 부릅떠 보였다.

"와하하하! 그래! 그거다! 네 녀석이 마안섭혼공도 알아보는구나, 푸하하하하!"

감동한 듯 파안대소를 터뜨리는 무풍수라.

흑오가 덩달아 미소를 짓자, 광마가 불통한 표정으로 다가와 흑오의 어깨를 툭툭 치며 말했다.

"누나, 우리, 높은 산, 제일 높은 산으로 가자. 얼른!"

그 말과 함께 음풍마제 등을 노려보는 광마의 눈에 불길이 이글거렸다. 자신과 있을 때는 한 번도 웃지 않던 흑오가 저 기분 나쁜 늙은이들에게 아양을 떨고 배시시 웃기까지 하니 질투심이 일어난 것이었다.

그러나 흑오는 코대답도 하지 않았고, 그런 흑오에게 음풍마제가 다시 질문을 던졌다.

"우리들의 무공을 누구에게 배웠느냐?"

순간, 흑오의 눈망울이 파르르 떨렸다.

내심 기다리던 질문이었기 때문이다.

그런데 그의 이름을 말하려니 콧날이 시큰거리고 가슴이 쿵쿵 뛰기 시작했다.

흑오는 잠시 숨을 멈췄다가 빰을 붉히며 기어들어 가는 음성으로 말했다.

"이온."

"이온?"

세 사람이 동시에 고개를 갸웃거렸다.

흑오는 아차 싶어 다시 말했다.

"이옹!"

"……?"

여전히 같은 반응이다.

"잉옹! 이온! 이옹!"

흑오가 애타게 소리쳤지만,

"……."

"저 녀석, 뭐라는 거요……?"

심드렁한 흡혈시마의 반응에 결국 어린애처럼 눈물을 주루룩 흘리고 마는 흑오였다.

*　　　*　　　*

흡혈시마는 슬그머니 흑오를 바라봤다.

"캇!"

자신과 눈이 마주치기 무섭게 고개를 홱 돌려 버리는 흑오.

'끙.'

한숨이 절로 나왔다.

'이놈의 주둥아리가 말썽이야! 저 녀석에게 미운털이 단단히 박혔으니 이를 어찌 만회한다?'

조금 전에 녀석에게 벙어리라는 식으로, 바보라는 식으로 표현한 게 문제였다. 그때부터 녀석이 눈도 마주치려 하지 않는다.

의형들에겐 친할아버지 대하듯 아양을 부리고 자기만 보면 고개를 홱 돌려 버리거나 쌀쌀맞은 눈빛으로 바라보니 괜히 소외되는 기분이 들었다.

'쳇, 누가 네 녀석 성대가 망가진 줄 알았냐, 젠장!'

속으로 투덜거렸지만 결코 미워할 수 없는 녀석이었다.

저 어린 계집애가 후아에게 무공을 배웠다니.

'아니, 아니지. 마냥 어리기만 한 건 아니군. 우리 엄마도 저 나이 때 나를 낳으셨다고 했으니 다 큰 숙녀라고 해야 하나? 아무튼, 대단한 녀석이야!'

고작 열네 살짜리 소녀에게 아기를 낳을 수 있다느니, 다 큰 숙녀라느니 상상의 나래를 펼쳐 가던 흡혈시마.

흐뭇한 눈길로 다시 한 번 흑오를 훔쳐본다.

보면 볼수록 신통방통하지 않은가?

저 무서운 강시와 덩치를 제 수족처럼 다루다니.

거기다 가끔 동물들과도 교감을 나누는 것 같지 않은가?

'그러고 보니 아주 예전에 만수왕(萬獸王)이란 녀석이 있었지. 그놈이 보면 조사님, 그러겠군. 푸하하.'

속으로 박장대소를 터뜨리던 흡혈시마.

갑자기 웃음을 뚝 멈추더니 시무룩한 표정으로 중얼거렸다.

"바보 같은 놈. 하필 독물 따위를 키울 게 뭐야? 그리고 이왕 키울 거면 간수를 잘하던지, 괜히 애꿎은 중년 치맛자락 속으로 뛰어들게 만들어 그년에게 모가지를 갖다 바치냐? 등신 같은 놈. 내가 그 복수를 해주긴 했다만 덕분에 내 팔까지 이 모양이 되어버렸지. 제기랄!"

먼 하늘을 보며 별일 아닌 듯 중얼거렸지만, 만수왕은 흡혈시마의 둘도 없는 친구였다.

흡혈시마가 폭혈공의 부작용에 시달리고 있을 때 그 친구가 키우던 짐승들의 피로 갈증을 달랬으니.

'아무튼, 우리 후아가 처음으로 거둔 제자 녀석이 성대가 망가져서 말을 못하다니……. 만수왕, 그 바보 같은 놈도 그랬었는데…….'

이미 죽어버린 친구를 떠올리며 흑오를 보니 괜스레 가슴이 저려오는 흡혈시마였다. 마치 친구의 손녀딸을 바라보는 듯한 기분이 들어서였다.

'크크.'

흑오는 계속 구름 위를 걷는 기분이었다.

드디어 그의 이름을 알아냈기 때문이다.

자신이 팔 없는 돼지 할아버지의 말에 충격을 받아 엉엉 울고 있을 때, 신선 같은 할아버지가 따스한 목소리로 물었다.

"아이야, 넌 누구냐? 누구이기에 우리가 후아에게 가르쳐 준 무공을 아는 것이냐?"

'후아? 후아가 누구지?'

흑오는 당연히 고개를 갸웃거렸다. 그러자 신선 같은 할아버지가 설명해 줬다.

"너에게 무공을 가르쳐 준 녀석이 바로 후아란다."

'아!'

그의 이름이 후아였구나.

"후아!"

와앗! 발음이 된다!

"후아! 후아! 후아!"

"그래, 그 녀석 이름이 후아다. 네가 어찌 아느냐?"

흑오는 방긋 웃으며 말했다.

"크르르……."

이런! 이게 아닌데…….

말을 할 줄 모르니 설명할 방법이 없다.

그래서 눈물을 글썽이며 땅바닥만 쳐다보는데, 다리 없는 곰보 할아버지가 느물느물한 목소리로 말했다.

"말하기 힘들면 그림이나 글자로 설명해 봐라."

'아!'

그때부터 흑오의 눈에 생기가 돌았다.

길가에 있는 나뭇가지를 꺾어 낑낑거리며 그림을 그리고 글자를 그리는 흑오.

사실 흑오는 글자를 배운 적이 없다.

그런데 이상하게도 글을 읽을 줄은 알았다.

도대체 누구에게, 언제 배운 건지 모르겠지만 분명히 글자를 알고 있었다.

그러나 한 번도 써본 적이 없기에 삐뚤빼뚤 글자를 그릴 수밖에 없었다.

"호? 글자를 쓸 줄 알다니, 영 바보는 아니군. 어디 보자……. 흑오? 흑오가 뭐야? 검은 까마귀가 뭐 어쨌다고?"

역시나 초를 치는 팔 없는 돼지! 영감탱이!

반면,

"네 이름이 흑오인 모양이로구나. 모친을 여의고 후아에게 무공을 배웠다? 그렇군. 그래서 우리 무공을 알고 있었어!"

흑오는 자기 설명을 알아듣는 신선 할아버지가 너무 마음에 들어 자기도 모르게 방긋 미소를 지었다.

"저 녀석이 후아에게 무공을 배웠다면 우리와 한 식구나 마찬가지로군요. 함께 데려갑시다, 형님."

발 없는 곰보 할아버지도 마음에 들었다.

그러나,

"첫! 저 녀석을 데려가면 저 덩치나 시체들도 따라올 것 같은데요, 대형?"

팔 없는 돼지, 영감탱이는 끝까지 마음에 들지 않았다.

어쨌거나, 그때부터 음풍마제 등과 동행이 된 흑오.

'후아래, 후아! 그의 이름이 지존이 아니고 후아래. 어때? 너무너무 부르기 쉽고 멋지지 않아? 후아란 이름은 나도 말할 수 있어. 크크크.'

흑오는 혼자 실실 웃으며 광마에게 마구 염파를 보냈다.

광마는 그 모습을 보고 이상한 여자 바라보듯 오만상을 찌푸렸다.

'누나가 저 늙은이들을 만나고난 뒤부터 이상해졌어. 후아라니? 그런 촌스런 이름이 뭐가 멋있다고? 적어도 나처럼 광마 정도는 되어야지……!'

하지만 그렇게 말했다가는 또다시 눈에 쌍심지를 켤 것이니, 나중에 후아란 놈을 만나면 흑오 몰래 반 죽여 버리겠다고 다짐하는 광마였다.

그런 심정도 몰라주고 계속 염파로 미주알고주알 재잘대는 흑오.

결국 광마는 머리가 아파 고개를 흔들었다.

그런 그의 시야에 칼날처럼 치솟은 까마득한 산봉우리가 보였다.

"드디어 다 와가는군!"

음풍마제는 감개무량한 듯 눈 덮인 산봉우리들을 둘러봤다. 그러다가 갑자기 인상을 굳히더니 귀를 쫑긋 세우기 시작했다. 광마도 마찬가지였고, 무풍수라와 흡혈시마도 뒤따라 인상을 찌푸렸다.

그리고 흑오의 눈에도 서서히 혈광이 맺히기 시작했다.

"카앗!"

그들 중 가장 먼저 몸을 날린 사람은 흑오였다. 뇌리에 끔찍한 비명 소리가 연달아 들려왔기 때문이었다.

* * *

희사는 정신없이 바빴다. 단결봉에 모여 있는 마인들의 명단을 모두 기록해야 했기 때문이다.

또한 명단 작성이 끝난 뒤에도 쉴 틈이 없었다. 열 명씩 줄지어 묵자후를 배알하는 마인들을 일일이 소개해 줘야 했기 때문이다.

그나마 마인들이 묵자후를 배알하면서 흠모와 존경의 표정을 지었기에 바쁜 가운데도 보람은 있었다.

'하지만 저런 사람들은 너무 싫어……!'

묵자후 앞에서 눈물 콧물을 쥐어짜며 사부와 부친, 혹은 지인들의 소식을 묻는 사람들.

"지존! 제 아버님의 별호는 열화귀(熱火鬼)였습니다. 혹시 아시는지요?"

"지존! 저희 사부님은 추명혈왕(追命血王)이라 불리셨습니다. 마정대전이 끝나고 행방불명되셨는데 혹시 지존께서 계시던 그곳에 함께 계시지 않았습니까?"

"흑흑, 저희 백부님은 어떻게 돌아가셨습니까? 따로 저에게 유언을 남긴 건 없습니까?"

"본 파의 장보도(藏寶圖)를 전대 방주님께서 가져가셨습니다. 혹시 행방을 아시는지요? 그게 없으면 저희 문파는 끝장입니다. 흑흑."

물론 답답하고 애통해하는 그들의 심정은 백번 이해하고

도 남는다.

그러나 모든 일에는 때와 장소가 있는 법.

여기서 상견례를 하는 것으로 이번 회합이 끝나는 게 아니다. 옛 철마성 터에 들러 참배도 해야 하고 마정대전 희생자를 위한 위령제도 지내야 한다. 그 후에 비로소 공식적인 지존행(至尊行)을 선포할 수 있는 것이니, 각자 궁금한 부분이 있더라도 마음속에 담고 있다가 위령제가 끝난 후에 물으면 되지 않는가?

그런데 그 시간을 못 참고 기어이 질문을 던지니 예상보다 일정이 많이 지체되고 있었다.

"안 되겠습니다, 지존. 이러다가는 끝이 없을 것 같으니 상견례를 마친 분들은 먼저 이동하라고 하면 어떨는지요?"

희사가 길게 줄 서 있는 마인들을 가리키며 묻자, 묵자후가 고개를 끄덕였다.

"그게 좋을 것 같군. 날씨가 추워서 다들 몸이 상하겠어."

특히 백 명의 시동과 시녀가 걱정됐다.

다른 사람들은 몰라도 저들은 희사가 급히 차출해 온 사람들.

비록 섬서 인근에 있는 마도 출신가의 협조를 받았다지만, 각 문파의 수장 급인 마인들에 비해 공력이 현저히 떨어질 수밖에 없다.

"그럼 지존과 상견례를 마친 사람들부터 스무 명씩 조를 나눠 이동시키도록 하겠습니다."

희사는 묵자후에게 고개를 조아린 뒤 독심객들과 함께 조를 나눴다.

각 조의 책임자는 사검 막청이나 혈비도 괴랑 급의 고수들로 선정하고 스무 명씩 짝을 이뤄 먼저 산을 내려가도록 했다.

그때부터 묵자후를 배알하는 마인들의 속도도 빨라지기 시작했다.

벌써 검붉은 석양이 내려앉고 다른 사람들이 먼저 자리를 떠나니 다들 마음이 급해진 것이었다.

"진작 이렇게 할 걸 그랬군."

묵자후가 웃으며 나머지 사람들을 대면하고 있을 때, 먼 하늘에서 희미한 불꽃이 피어올랐다. 단결봉에서 수천 장 떨어진 곳에서 솟아오른 불꽃이었지만 묵자후는 인상을 굳히며 자리에서 벌떡 일어났다.

"지존, 왜 그러시는지요?"

희사가 기련혈마와 혈우검마 조를 편성하고 있다가 급히 달려왔다.

"지금까지 모두 몇 사람이나 내려갔소?"

서늘한 묵자후의 질문에 희사는 급히 대답했다.

"전체 인원의 절반쯤이 내려갔습니다, 지존."

"그럼 가장 먼저 출발한 사람들은 이미 산을 완전히 내려갔겠군."

"그럴 것 같습니다만, 왜 그러시는지요?"

묵자후는 턱짓으로 산 아래를 가리켰다.

"아무래도 꼬리를 밟힌 것 같소."

"꼬리를… 밟히다니요?"

"저 산 아래에서 비명 소리가 들려오고 있소."

"예에?"

놀라는 희사를 뒤로하고 묵자후는 급히 신형을 날리려 했다. 그때 냉희궁을 비롯한 독심객들이 일제히 앞을 막아섰다.

"무슨 뜻이오?"

싸늘한 묵자후의 질문에 냉희궁이 고개를 조아리며 대답했다.

"이제 지존께서는 혼자 몸이 아니십니다. 작은 일은 아랫사람들에게 맡기시고 대국을 살피시옵소서."

"대국?"

"그러하옵니다. 지존께서는 천하마도의 대종사. 어찌 하찮은 무리들과 직접 손을 섞으려 하십니까? 작은 싸움은 수하들에게 맡기시옵소서. 그게 옳을 것 같습니다."

그 말이 끝나기 무섭게 마인들이 동시에 이마를 찧으며 한목소리로 청했다.

"지존, 속하들에게 맡겨주시옵소서!"

묵자후는 잠시 침묵했다.

냉희궁과 수하들의 말을 들어보니 그 옛날, 영웅성 무리들이 쳐들어올 때 귀검 손포가 했던 말이 생각났다.

싸움에는 큰 싸움이 있고 작은 싸움이 있다는 말.

동시에 수하들이 죽어가는 모습을 보면서도 끝까지 인내했던 혈영노조의 눈빛이 떠올랐다.

"지존이라, 지존……."

여러 가지 생각이 교차했다.

그러나 초대하지 않은 사람들 때문에 이 자리가 엉망이 되는 건 용납할 수 없었다. 또한 그런 사람들 때문에 수하들이 피를 흘리는 것도 용납할 수 없었다.

"그대들의 염려, 잘 알겠소. 앞으로는 당연히 그리할 테지만 지금은 아니오."

"지존……?"

"저들은 만반의 준비를 갖춰서 왔을 것이오. 그에 비해 우리는 겨우 상견례를 마친 상태. 작은 일, 큰 일 따질 시간이 없소. 가서 급한 목숨부터 구해야겠소."

그 말과 함께 묵자후가 신형을 날리려 하자 냉희궁이 재차 이마를 찧으며 부르짖듯 말했다.

"지존! 그렇기 때문에 지켜보시라는 겁니다! 놈들의 힘이 어느 정도인지, 우리들의 힘이 어느 정도인지 지켜보시다가 결정적일 때 나서주십시오! 밑에 있는 사람들도, 여기 있는 사람들도 모두 그걸 원할 겁니다."

묵자후는 우뚝 걸음을 멈췄다. 그리고 잠시 침묵을 지키다가 등을 돌린 상태로 말했다.

"그대 말도 옳고 그대들 뜻도 알겠소. 그러나 우리가 이렇게 대화를 나누고 있는 순간에도 저 아래 있는 사람들은 비명 속에 죽어가고 있소. 물론… 여기까지 올라올 때는 다들 최악의 상황까지 염두에 두고 왔겠지만, 나는 그렇지 않소. 어느 누구도 내 앞에서 덧없이 죽게 하지 않을 작정이오. 다만, 그대들의 조언을 받아들여 급한 목숨만 구하고 뒤로 물러나 대국을 주재하리다. 먼저 가서 한바탕 몸을 풀고 있을 테니 모두 뒤따라오도록 하시오!"

그 말과 함께 묵자후의 신형이 팍 꺼지듯 사라졌다.

"지존!"

냉희궁을 비롯한 마인들은 우루루 묵자후를 말리려다가 그의 신형이 허깨비처럼 사라져 버리자 망연자실한 표정으로 서로를 쳐다봤다.

그때, 기련혈마가 씨익 웃으며 자리에서 일어났다.

"흐흐, 마음에 들어. 정말 마음에 드는 지존이시군!"

그 말에 밀막의 막주, 혈검 손계묵이 뒤따라 일어서며 맞장구를 쳤다.

"옳은 말이오. 말보다 행동으로 앞장서는 화끈한 지존이시오."

그러자 귀곡탑의 탑주, 철면사신 담도가 검을 뽑아 들며 모두 일어나라는 듯 양손으로 재촉했다.

"자, 자! 뭣들 하는가? 지존께서 앞장서셨으니 우리도 그 뒤를 따라야 하지 않겠는가?"

"와아아!"

"옳소! 가서 놈들의 머리통을 부숴줍시다! 크하하하."

"좋아! 드디어 내 칼에 피를 듬뿍 묻힐 수 있겠군. 크흐흐흐."

마인들이 모두 흥분하며 자리에서 일어날 때였다.

"다들 지존을 따르기 전에!"

어디선가 쩌렁쩌렁한 목소리가 울려 퍼졌다.

혈우검마였다.

그가 번쩍이는 눈으로 좌중을 쓸어보더니 냉희궁을 돌아보며 말했다.

"우리가 어떻게 움직이는 게 좋을지 냉 부군사께서 알려주시오."

그 말에 좌중이 일순간 조용해졌다.

신품귀수 냉희궁의 과거 신분이 부군사였다는 사실을 뒤늦게 깨달은 것이다.

냉희궁은 모두의 시선을 받으며 주름진 손으로 양미간을 꾹꾹 눌렀다. 뒤이어 엉망으로 꼬인 수염을 양손으로 번갈아 쓰다듬더니 칼칼한 음성으로 말했다.

"지금 상황은 문파 간의 전투도, 세를 겨루는 접전도 아니오. 우리의 위치가 발각되어 놈들이 사냥개처럼 달려드는 형국. 따라서 우선 놈들의 포위망부터 뚫어야 하오. 그러기 위해서는 전체 형세를 살펴야 하는데 지존께서 먼저 달려가 버리셨으니……."

속으로 한숨을 쉬던 냉희궁은 생각을 정리한 듯 눈을 번쩍 뜨며 말했다.

"일단 급한 대로 쓸 수 있는 방책은 이중 쐐기 진형이오. 지존의 존체를 호위함과 동시에 위기에 처한 사람들을 빼내고 상황을 봐가면서 배수진을 치든지 놈들의 포위망을 뚫어야 하니."

"이중 쐐기 진형이라… 예전에 자주 쓰던 전법이군. 좋소! 그럼 인원 구성은 어떻게?"

혈우검마의 질문에 냉희궁은 전음으로 희사에게 자문을 구했다. 현재 남아 있는 사람들과 그들의 능력에 대해 희사만큼 잘 아는 사람은 없었으니.

두 사람은 모두의 시선을 받으며 전음을 나눴다. 이후 냉희궁이 모두를 보며 말했다.

"시간이 없으니 주력으로 움직이실 분들 위주로 대강의 편제를 구성하겠소. 혹시 이름이 안 불리신 분들은 각자 마음에 드는 사람을 따라 자리를 옮겨주시기 바라오. 먼저, 혈우검위지 대주와 광풍문의 문주, 귀곡탑의 탑주께서는 첫 번째 쐐기의 선봉을 맡아주시오. 흡혈마동의 동주와 유명마곡의 곡주, 철혈보의 보주께서는 두 번째 쐐기의 선봉을 맡아주시오. 그리고 기련혈마, 철갑신(鐵鉀身), 응조왕(鷹爪王), 소면살(笑面殺), 노면사(怒面死), 독사검(毒蛇劍) 제위들께서는 각각 서른 명을 이끌고 양 날개 쪽을 맡아주시오. 그리고 후위에는……."

냉희궁이 빠른 속도로 마인들의 이름을 호명하기 시작했다. 그에 따라 마인들이 전후좌우로 자리를 옮기며 거대한 이중 쐐기꼴의 진형을 만들어 나갔다.

선봉에는 여기 모인 마인들 중 최고수 급을, 양 날개에는 그다음으로 강한 고수 급을, 후위에는 중간 급의 고수들이 위치를 잡았고, 본대에는 개인적으로 활동하는 이들과 비교적 무공이 약한 이들이 자리를 잡았다.

냉희궁과 독심객, 희사와 흑백무상 등은 묵자후를 맞이하기 위해 본대에 자리를 잡았고, 편제 구성이 끝나자 마인들은 빠른 속도로 산을 내려가기 시작했다.

콰아아아!

바람이 무서운 속도로 뒤로 물러났다.

등 뒤로 뿌연 흙먼지가 피어오르고 바위와 나무 등이 사방으로 튕겨났다. 묵자후의 신법 속도를 이기지 못해 역풍에 휘말린 것이었다. 그러나 묵자후는 그런 현상에는 아무 관심도 두지 않았다. 오로지 시야에 점점 가까워지는 수하들의 모습에 집중하고 있었다.

삼백 장 너머, 무성한 나뭇가지가 겨울을 준비하느라 누렇게 말라 버린 낙엽들을 떨어뜨리고 있는 곳.

그 옆, 비탈진 언덕 부근에 수백 명의 수하가 몰려 있었다.

삼면으로 포위당해 우왕좌왕하고 있는 그들.

묵자후가 달려가고 있는 와중에 두 사람의 목이 허공으로 튀어 올랐다. 시뻘건 핏물이 낙엽을 적시며 후두둑, 목 잃은 동체를 따라 지면으로 흩뿌려지고 있었다.

묵자후의 눈빛이 벌겋게 달아올랐다.

가슴속에서 '멈춰!' 라는 사자후를 터뜨리고 싶었지만 수하들의 고막이 터져 나갈까 봐 그러지 못했다. 대신 묵자후는 달려가는 기세 그대로 붕 날아올랐다.

눈 아래로 적들의 모습이 개미처럼 보였다.

묵자후의 눈에 한광이 어리고, 열 손가락 끝에 푸른 광채가 맺혔다.

개미들 중 몇 명이 뭔가를 느낀 듯 고개를 들었다.

그들의 눈에 경악이 어리고, 두 배로 커진 목구멍에서 무슨 소리가 튀어나오려는 순간,

사아악!

묵자후의 소매가 바람을 갈랐다.

처음엔 종잇장을 스치듯 가벼운 소리였다. 그러나 묵자후의 열 손가락 끝에서 면도날처럼 시퍼런 강기가 튀어나가고,

그 강기가 긴 잔상을 이루며 대기를 열 조각으로 베어버리는 순간,

쐐애애애애애액!

쇠가 쇠를 긁는 듯한, 아니, 그보다 더 날카롭고 소름 끼친 음향이 모두의 고막을 자극했다. 그와 동시에,

슈가가각!

오싹한 절단음이 흘러나왔다.

한 번, 두 번, 세 번…….

그때까지 아무 소리도 흘러나오지 않았다.

다들 벙어리가 된 듯 경악한 표정으로 눈만 부릅뜨고 있었다.

슈아아아악!

여섯, 일곱, 여덟 번째!

"꺄아아악!"

드디어 첫 비명 소리가 흘러나왔다.

비명 소리의 주인공은 의외로 마도 쪽에 있던 한 소녀였다.

희사가 가장 먼저 내려보낸 백 명의 시녀 중 한 사람으로, 그녀는 하얗게 질린 얼굴로 사지를 부들부들 떨었다.

더 이상 커질 수 없을 만큼 커진 그녀의 눈에 무시무시한 장면이 투영되고 있었다.

투두둑, 툭, 툭…….

방금 전까지만 해도 저승사자처럼 날뛰던 정파 무인들.

그들의 몸이 갑자기 석상처럼 굳어버리더니 머리끝에서부

터 발끝까지, 실오라기 같은 열 줄기 혈선이 맺혔다. 그 틈 사이로 붉은 핏방울이 흘러나오고, 핏방울이 점점 봇물을 이루자 한 사람씩, 마치 칼로 무를 썬 듯 토막 난 시체가 되어 땅바닥으로 털썩털썩 쓰러지기 시작했다.

"으으으, 으아아아!"

"모두, 모두 뒤로 물러나!"

정파인들의 비명과 신음은 한참 뒤에 흘러나왔다.

앞쪽에 있던 동료들이 한꺼번에 토막 난 시체로 변해 버리자 일부는 토악질을 했고, 일부는 넋이 나간 듯 그 자리에 멍하니 서서 눈만 끔뻑이고 있었다. 그러나 대부분은 공포에 질려 주춤주춤 뒤로 물러나기 시작했다.

순식간에 흩어져 버린 포위망.

피를 콸콸 흘리며 사방에 쓰러져 있는 시신들.

그 빈 공간 사이로 묵자후의 신형이 내려섰다.

"지존!"

묵자후를 보자마자 마인들은 일제히 고개를 숙였다.

자기들 앞에 우뚝 버티고 서서 정파인들을 노려보고 있는 묵자후.

그 산악 같은 기도를 보고 어떤 이는 눈물을 흘렸고, 어떤 이는 안도의 한숨을 내쉬었다. 극히 일부는 조금 전의 소녀처럼 공포에 떠는 사람도 있었다. 각자 표현 방식은 달랐으나 모두의 얼굴에 공통적으로 떠오른 감정은 극도의 존경심과 극도의 두려움이었다.

이미 단결봉에서 묵자후의 무위를 목격한 그들이었지만, 정파인들을 상대로 또다시 가공할 신위를 발휘하자 모두 안심이 되면서도 기가 질린 것이었다.

'지존! 지존이라고?'

공동파 이대제자 진운(眞雲)은 심장이 덜컥 내려앉는 기분이었다.

도저히 인간 같지 않은 무위를 발휘하며 허공에서 뚝 떨어져 내린 사내.

그가 나타나자 장내의 분위기가 완전히 뒤바뀌어 버렸다.

방금 전까지만 해도 겁에 질린 참새 떼처럼 이리저리 달아나던 마인들이 그를 중심으로 다시 모이기 시작했고, 성난 독수리처럼 몰아붙이던 자신들은 어느새 겁에 질려 주춤주춤 뒤로 물러서고 있었다.

'이래선 안 돼!'

여기서 밀리면 포위망이 뚫리거나 놈들을 놓쳐 버릴 수 있다.

이곳은 현재 경계가 가장 허술한 곳.

대부분의 선발대는 다른 마인들을 추격하거나 조를 나눠 단결봉 쪽으로 올라갔다. 그리고 후발대는 소륵남산 외곽에서 최후 저지선을 형성하며 그물을 옥죄듯 조금씩 앞으로 나아오고 있다. 따라서 이곳만 텅 빈 상태.

그렇게 된 이유는 보다시피 이곳에는 무공이 약한 마인들밖에 없기 때문이다. 그래서 모두 산세가 험한 곳으로 달아난 마인들을 잡으러 간 것인데 하필이면 저런 고수가 등장할 줄이야.

더구나 그를 맞이하는 놈들의 태도나 호칭을 들어보니 그가 바로 놈들의 괴수인 것 같지 않은가.

'할 수 없다! 비상 신호를 보내고 고수들이 올 때까지 어떻게든 그를 붙잡아둬야 한다!'

그래야 자신들이 희생당하더라도 여기까지 온 목적을 달성할 수 있다.

마음속으로 결의를 다지며 공력을 끌어올리려 했다. 그런데 이상하게도 단전에 힘이 모이지 않았다.

'저 눈! 저 눈빛 때문이야!'

유리알처럼 투명한 그의 눈빛을 보니 오금이 저리고 안구가 터져 나가는 듯한 통증이 엄습한다. 그리고 끝없이 일렁이는 그의 눈동자를 보니 어디론가 한없이 빨려 들어가는 것 같고 천지가 빙빙 도는 듯한 현기증이 엄습한다. 그래서 공력이 모이기는커녕 점점 사지가 나른해 검을 쥔 손에 힘이 풀리려 한다.

그때,

"갈! 요사한 수법이로다!"

등 뒤에서 쩌렁쩌렁한 호통 소리가 들려왔다. 불문의 사자후처럼 마음을 다잡아주는 현기 어린 목소리였다.

그러나 진운은 여전히 눈을 뗄 수도, 움직일 수도 없었다.

천적을 만난 개구리처럼 묵자후의 처분을 기다리며 멍하니 오금만 떨고 있었다. 그러자 귓가로 나지막한 한숨 소리가 들려오더니 옥침혈(玉枕穴) 부근에 강한 자극이 느껴졌다.

"헉!"

찬물을 뒤집어쓴 듯 퍼뜩 정신을 차리니 익숙한 향내와 함께 누군가의 모습이 눈에 들어왔다.

"사숙!"

현오 진인이었다.

그가 굳은 표정으로 전면을 노려보고 있었다.

그뿐만 아니었다. 언제 왔는지 청성파의 곤오 도장(坤悟道長)을 비롯한 백여 명의 고수가 앞쪽에 서 있었다.

'이런! 내가 추태를 보였구나…….'

자신이 너무 한심하게 느껴져 고개를 떨어뜨리는데 누군가가 어깨를 툭, 치며 전음을 보내왔다.

"사제, 뒤로 물러나서 속히 운기조식을 취하거라."

목소리의 주인공은 대사형 진명(眞明)이었다. 그에게 고개를 숙이며 뭐라고 대답을 하려는데 목구멍에서 핏물이 왈칵 올라왔다.

'쿨럭……! 이게 어떻게 된 일이지?'

급히 숨을 멈추고 피를 닦고 있는데 옆에서 누군가의 목소리가 들려왔다.

"아미타불. 저 나이에 벌써 심즉살(心卽殺)의 경지라니……."

푸근하지만 은은한 경악이 스민 목소리.

소림사의 십계십승(十戒十僧) 중 한 사람인 광인 대사(光仁大師)였다.

'심즉살이라고? 그럼 내가 그의 눈빛에 내상을 입었단 말인가?'

가만히 생각해 보니 그런 것 같았다. 그와 손끝 하나 부딪친 적이 없는데 내상을 입은 걸 보니 그것 외에는 달리 설명할 방법이 없었다.

'아무래도 오늘, 길보다 흉이 많겠구나…….'

당금 강호에 눈빛으로 사람을 상하게 할 수 있는 이가 과연 몇이나 될까?

사문을 대표하여 이곳으로 온 현오 진인도 불가능한 경지였다.

'그나마 우리 쪽에 고수들이 많아 다행이다만, 예상보다 피해가 막심하겠구나…….'

답답한 가슴을 달래며 뒤로 물러나니 벌써 몇 사람이 운기조식을 취하고 있었다. 자신과 마찬가지로 내상을 입은 사람들이었다.

그들 중 두 사람이 운기조식을 마치고 자리에서 일어서는데, 뭔가 이상했다. 갑자기 검을 뽑아 들며 딱딱한 안색으로 전면을 바라보고 있었다.

'무슨 일이지?'

그들을 따라 고개를 돌려보니 저 산봉우리 위에서 엄청난 숫자의 마인들이 몰려오고 있었다.

자욱한 먼지구름을 일으키며, 그것도 거대한 진세를 이루며 한꺼번에 내려오고 있었다.

그 모습을 보고 진운은 심장이 바짝 오그라드는 기분이 들었다.

자신이 관건(冠巾)의 예*도 치르기 전에 겪었던 피비린내 나는 혈투! 정사대전이 다시 시작되는 것 같은 착각이 들어서였다.

당시 무너져 버린 사문을 되찾기 위해, 잃어버린 정파의 위엄을 되찾기 위해 얼마나 많은 피를 흘렸던가?

그때와 같은 겁난(劫亂)이 다시 시작되는 것 같아 온몸에 소름이 돋았다.

그러나 어쩌겠는가?

피할 수 없는 싸움이라면 최대한 빨리 운기조식을 마쳐 모두에게 도움이 되는 수밖에…….

---

* 도사가 되기 위해 머리를 빗어 상투를 틀고[道紒] 관을 쓰는 의식. 이 예가 끝나고 시방총림(十方叢林:도교의 총단이 운영하는 공식 업무기관)으로 가서 도첩에 이름을 올리고[卦單], 계율을 전수받고[傳戒] 정식 도호를 받는다[受戒].

피바람

魔道天下

현오 진인 등이 나타나고 장내에 한동안 침묵이 흘렀다.

이 산 저 산에서 삐익, 삐익 하는 비상 신호 소리가 들려왔지만 아무도 그에 관심을 갖지 않았다. 마치 고개를 돌리면 누가 목을 베어가기라도 하는 듯 서로를 보며 대치하고 있었다.

현오 진인을 비롯한 정파 무인들이야 묵자후의 기도에 눌려 경거망동을 삼가하고 있다지만, 묵자후는 왜 가만히 있는 것일까? 혹시 혈우검마를 비롯한 수하들의 합류를 기다리고 있는 것일까?

아니었다.

묵자후는 좀 더 많은 적들이 모이기를 기다리고 있었다. 그리고 먼저 산을 내려간 수하들이 어디로 흩어졌는지 그들의 종적을 찾고 있었다.

이윽고 수하들의 종적을 모두 파악했을까? 묵자후에게서 나직한 중얼거림이 흘러나왔다.

“아쉽군. 좀 더 많이 모였다면 좋았을 텐데…….”

그 말과 함께 천천히 양손을 치켜드는 묵자후.

묵자후의 손짓 따라 대기가 출렁였다.

“모두 조심!”

현오 진인을 비롯한 정파인들이 경호성을 발하며 바짝 긴장했다. 조금이라도 허튼짓을 하면 곧바로 검을 날릴 듯한 기세로 모두 묵자후의 손만 주시하고 있었다.

그런데 뭔가 이상했다.

묵자후 뒤쪽에 있던 마인들이 입을 쩍 벌리며 현오 진인 쪽을 뚫어져라 바라보는 게 아닌가?

‘우리 중에 누가 이상한 행동을 한 사람이라도 있나?’

현오 진인이 고개를 갸웃거리며 좌우를 살펴보려는데 갑자기 뒤통수가 간질거리는 느낌이 들었다.

‘뭐지?’

고수들만 알 수 있는 불길한 느낌.

그러나 놈이 언제 공격을 펼쳐 올지 모르니 함부로 고개를 돌릴 수는 없다. 그렇다고 이런 불길한 느낌을 받으며 계속 그의 손끝만 주시할 수도 없고.

내심 고민하던 현오 진인은 묘책을 떠올렸다. 자파의 비전인 혼원일기공(混元一氣功)을 안력에 집중해 마인들의 눈동자를 살펴보려 한 것이었다.

하지만 그럴 필요가 없었다.

후두둑, 툭, 툭…….

갑자기 머리 위에서 흙 알갱이가 떨어져 내렸다. 그리고 저 뒤에서 다급한 목소리가 들려왔다.

"사숙! 머리 위! 머리 위를 조심하십시오!"

그 말을 듣고 머리 위를 쳐다보려는 순간, 하필이면 묵자후의 손가락이 까닥였다.

현오 진인은 일순간 당황했다.

머리 위부터 경계해야 하는가, 아니면 놈의 손가락부터 경계해야 하는가?

다행히 본능이 먼저 위험을 감지했다.

"모두 피해!"

부지불식간에 외치며 복마검법을 극성으로 펼쳐 머리 위를 보호했다. 그 순간,

쩌저저저적!

머리 위에서 섬뜩한 기음이 들려왔다.

동시에,

콰아아아아!

뭔가가 산산이 부서지며 빛줄기 같은 물체가 폭우처럼 사방을 휩쓸었다.

퍼퍼퍼퍼퍽!

빠바바바박!

"크으윽!"

"으아악!"

고막을 뒤흔드는 비명.

눈앞에서 격렬히 몸을 떠는 사람들.

그들의 전신이 찰나간에 피투성이로 변해갔다.

벼락 같은 속도로 머리를 관통해 버리는 물체.

두 눈을 뚫고 옆 사람의 이마에 부딪쳐 땅바닥으로 떨어지는 물체.

심장과 복부를 뚫고, 허벅지와 무릎을 짓이겨 버리고 제 할 일을 마쳤다는 듯 발밑을 구르는 물체.

그리고 자신의 검에 부딪쳐 불똥을 튀기는 물체.

흔하디흔한 돌조각에 불과했다.

"맙소사!"

혈우검마는 자기도 모르게 눈을 부릅떴다.

눈앞에서 한 폭의 지옥도가 펼쳐지고 있었기 때문이다.

놈들과 대치하고 있는 상태에서 묵자후가 양손을 움직이자, 놈들 뒤에 있던 암벽에서 거대한 바위들이 솟아오르기 시작했다. 그것만 해도 놀랄 일인데, 묵자후가 가볍게 손을 움직이자 바위들이 산산조각으로 터져 나가며 그 파편들이 순식간에 놈들을 휩쓸어 버렸다. 그 결과 어육 덩어리가 되어 신음을 흘리고 있는 적들…….

실로 눈으로 보고도 믿지 못할 광경이었다.

'세상에 저런 무공이 존재할 줄이야……! 정말 그와 적이 되지 않길 잘했다! 그에게 무릎을 꿇길 정말 잘했어…….'

그렇게 혈우검마가 안도의 한숨을 내쉬고 있을 때, 또 한 사람이 눈을 비비며 마음속으로 경악하고 있었다.

'저 무공은, 저 무공은……!'

어찌나 놀랐는지 흥분으로 손을 부들부들 떠는 사내.

그는 흡혈마동의 동주, 무음흡혈 사공극이었다.

다른 사람들은 허공에서 바위를 터뜨려 버린 묵자후의 무공을 어떻게 생각하는지 몰라도, 그는 뛰는 가슴을 억누를 수 없었다. 왜냐하면 그 무공에서 자기 무공의 원류를 발견했기 때문이었다.

'저건 백부님의 최후 절초인 폭혈신공(爆血神功)이야! 온몸을 폭발시키는 대신 저 바위를 이용한 거야!'

확신에 찬 눈빛으로 묵자후를 바라보는 사내.

그는 금옥팔마존의 한 사람인 흡혈시마 사공두의 조카로, 묵자후가 펼친 무공을 보고 한동안 감격에 젖어 있었다.

그러나 방금 묵자후가 펼친 무공은 폭혈신공의 변형이라기보다는, 지존령에서 깨달은 비격탄섬참화류, 그 일곱 가지 구결 중 비(飛)자결과 탄(彈)자결을 동시에 발현한 것이었다. 하지만 거기에 폭혈신공의 묘용을 더했으니 딱히 폭혈신공의 변형이 아니라고 하기도 애매했다.

어쨌든, 남들이 상상할 수 없는 방법으로 장내를 거의 초토화시켜 버린 묵자후는 오연한 표정으로 좌우를 살펴봤다.

사방에 시체가 널브러진 가운데 칠십여 명 정도가 살아남아 이글거리는 눈빛으로 자신을 노려보고 있었다.

모두 절정 급 이상에 달한 무인들로, 그중 초고수로 보이는 계피학발의 노도사가 씹어뱉는 듯한 목소리로 질문을 던져왔다.

"으드득! 노도가 한 가지만 물어보마! 네놈이 바로 천금마옥 노물들의 후인이라 불리는 묵자후란 놈이냐?"

그 말이 떨어지기 무섭게 마인들이 분노했다.

"저 늙은이가 감히!"

"죽고 싶어, 늙은이?"

"공동파가 또 한 번 망하고 싶은 모양이군. 감히 지존의 이름을 함부로 입에 올리다니!"

그 말이 흘러나오는 순간,

"방금 뭐라고 했나? 공동파라고?"

묵자후에게서 섬뜩한 목소리가 흘러나왔다. 동시에 그의

전신에서 광풍 같은 살기가 휘몰아쳤고 묵자후 주위에 있던 마인들이 피를 토하며 사방으로 튕겨났다.

"어이쿠!"

"지, 지존……!"

수하들의 비명 소리에 급히 살기를 거둔 묵자후는 시선을 현오 진인에게 고정한 채 다시 질문을 던졌다.

"누구든지 대답하라. 저 도사가 정말 공동파의 인물이냐?"

수하들이 대답하기 전에 현오 진인이 먼저 대답했다.

"그렇다, 이놈! 노도는 공동파 장로로, 현오라는 도호를 쓰고 있다. 네놈은 저 버러지 같은 것들에게 지존이라는 소리를 듣는 걸 보니 과연 천금마옥의 후인이 확실한 모양이구나!"

묵자후는 싸늘하게 웃으며 고개를 끄덕였다. 그리고는 손가락을 들어 현오 진인의 심장을 겨누며 말했다.

"더 묻고 싶은 게 있으면 지금 말해라. 잠시 후에는 죽지도 살지도 못할 고통을 겪게 될 테니까."

그 말에 현오 진인이 뺨을 씰룩였다.

"역시 골수까지 썩은 노물들의 후인이로고! 그래, 이놈. 본도가 죽을지 네놈이 죽을지 모르겠지만 몇 가지만 더 물어보마. 네놈이 그 노물들의 후인이라면, 야밤에 남해검문으로 쳐들어가 살겁을 일으킨 환마라는 작자도 네놈이렷다? 그리고 동정호에서 소란을 일으킨 전왕이란 작자도 네놈이고, 숭양루에서 참극을 일으킨 도마라는 작자도 바로 네놈이렷다?"

"훗, 쥐새끼 같은 도사로군. 언제부터 내 뒷조사를 하고 다녔는지 모르겠지만, 그대 말이 옳다. 누가 붙였는지 모르겠지만 사람들이 나더러 환마라 부르고, 전왕이라 부르고, 도마라 부르더군."

"예엣?"

"지존께서 당금 강호의 최고 마인이라는 환마?"

"거기다 강호 낭인들이 우러러보는 전왕에 희대의 살인귀, 도마시라구요?"

마인들이 뜨악한 표정으로 묵자후를 쳐다봤다.

도대체 오늘 하루 동안 묵자후 때문에 몇 번이나 놀라는 건지, 이제 턱이 다 아플 정도였다.

정파인들도 마찬가지였다.

설마 설마 하던 일이 사실로 드러나자 어깨에 돌덩이가 내려앉은 기분이었다.

지금, 자신들은 십만마도의 우두머리이자, 강호 최고의 마인이고, 떠도는 낭인들의 우상이자 희대의 살인귀인, 그야말로 세인들의 상상을 초월하는 전대미문의 사내와 정면으로 맞부딪치려 하고 있는 것이다.

휘우웅…….

먼 산봉우리에서 불어오는 바람이 저승사자의 호곡성 같았다.

"좋아, 좋아! 얼추 보니 천칠백 대 칠십쯤 되겠군. 한 사람당 몇 명을 맡아야 할지 계산하기 복잡하니, 나는 저 어린 마두 놈과 생사를 겨루겠네. 나머지 놈들은 각자 알아서들 하시게."

그 말과 함께 현오 진인이 검집을 내팽개쳤다.

목숨을 도외시하고 싸우겠다는 말.

"허허, 도장께서 친히 마두를 잡으시겠다니 빈승은 마졸들이나 실컷 때려잡아야겠구려!"

소림사 광인 대사가 지그시 선장을 움켜잡으며 말했다. 그러자 청성파의 곤오 도장을 비롯한 나머지 고수들이 각자 양손을 치켜들거나 검을 아로 세우는 등 공력을 극한까지 끌어올리며 필사의 각오를 다졌다.

그때 그들 모두를 허무하게 만드는 묵자후의 음성.

"천칠백 대 칠십은 무슨 천칠백 대 칠십? 나 혼자로도 충분하니 모두 뒤로 물러나 있도록!"

묵자후의 명에 냉희궁과 혈우검마 등이 기겁성을 토하며 난리를 쳤다.

"아니 되옵니다! 지존! 그 명만은 받들 수 없습니다!"

"그렇습니다. 지존께서 직접 손을 쓰시면 속하들은 더 이상 하늘을 보고 살 수 없습니다!"

그 말과 함께 앞 다퉈 현오 도장 등을 에워싸는 마인들.

"이런! 할 수 없군. 숫자로 이겼다는 소리를 듣고 싶지 않으니 일단 그대부터 먼저 처리해야겠어!"

묵자후는 수하들이 먼저 손을 쓸까 두려워 벼락처럼 현오진인을 덮쳐 갔다. 이미 공언한 대로 그를 죽지도 살지도 못하게 만들기 위해서였다.

"공동파 제자들은 탕마멸사진(蕩魔滅邪陣)을 발동하라!"

"청성파 제자들은 급히 건곤미종진(乾坤迷踪陣)을……!"

"네 이놈들! 빈승이 네놈들에게 소림이 왜 소림인지……."

묵자후가 몸을 움직이자 장내에 웅웅한 목소리가 메아리쳤다. 그리고 그때부터 진한 피바람이 휘몰아쳤다.

그 바람은 아수라를 동반한, 거의 일방적인 바람이었다.

*　　*　　*

삐익, 삐익!

이 산 저 산으로 울려 퍼지는 비상 신호 소리.

그 소리가 아련한 메아리를 울리자 소요선옹은 더 이상 참지 못하고 자리에서 벌떡 일어났다.

"아무래도 일이 꼬이고 있는 모양이오. 하서주랑 쪽으로 갔던 이들에게선 더 이상 소식이 없고, 뒤따라오겠다고 약속한 영웅성도 오지 않고, 사방에서는 선발대의 비상 신호 소리만 들리니 더 이상 여기 앉아 있었다가는 오히려 일을 망칠 것 같은 기분이 드오."

정수 사태가 고개를 끄덕였다.

"동감입니다. 뭔가 심상치 않은 예감이 들어요."

"음… 두 분 말씀에 일리가 있으나 우리가 최후 저지선인데 확실한 소식도 없이 움직여 버리면 곤란하지 않겠소?"

소림사 나한전(羅漢殿)의 수좌인 광혜 대사(光惠大師)가 회의적인 표정을 지었다. 그러자 잠자코 비상 신호 소리에 귀를 기울이고 있던 무당파 정석 도장이 굳은 표정으로 입을 열었다.

"나한전주의 말씀이 백번 지당하나, 상황이 점점 이상하게 돌아가고 있는 것 같소이다. 처음에는 신호가 단결봉 초입 부근에서 들려왔는데 언젠가부터 다른 봉우리로 이동하고 있는 것 같소이다."

"제 말이 바로 그 말이외다. 신호가 다른 봉우리로 이동하고 있다는 말은 놈들을 놓쳐 버렸다는 말. 처음에 들려온 신호와는 완전히 다르외다."

"음……."

그랬다. 처음에는 작전이 성공적으로 수행되고 있다는 신호가 왔었다. 그런데 반 시진 전부터 급박한 비상 신호 소리만 들려오고 있다.

그러나 광혜 대사가 선뜻 결정을 내리지 못하고 있는 이유는, 단결봉 초입 부근에 자신의 사제인 광인 대사와 공동파의 현오 도장이 가 있기 때문이다. 그들 두 사람만 해도 영웅성의 삼왕(三王)과 천 초를 겨룰 수 있고, 그들 외에도 수백 명의 고수들이 가 있는데, 하찮은 마인들이 어떻게 그들을 뚫고 다른 봉우리로 탈출할 수 있을까 하는 회의감 때문이었다.

'혹시 흑마련이 배후에서 기습한 건 아닐까?'

오죽하면 그런 생각까지 들었다.

그러나 영웅성이 합류하지 않은 상황이니 흑마련의 움직임을 알 도리가 없다.

"적면주개, 그 양반이라도 빨리 와줬으면 좋겠구만……."

정확히 말해 적면주개를 기다리는 게 아니라 영웅성을 기다리는 것이다. 그들이 합류하면 마음 놓고 저 신호가 들려오는 곳으로 뛰어갈 수 있을 텐데.

그때였다.

"사백! 급보입니다! 사숙께서, 사숙께서……!"

한 제자가 새파랗게 질린 얼굴로 달려왔다.

"각운(覺雲)! 무슨 일이냐? 사숙이라니? 광인에게 무슨 연락이라도 왔더냐?"

광혜 대사가 쿵쿵 뛰는 가슴을 억누르며 그를 맞았다.

각운이라 불린 제자는 숨을 몰아쉬며 비통한 어조로 대답했다.

"그게 아니오라, 사숙께서 위중하시다 하옵니다. 그리고 사숙과 동행하셨던 분들은 대부분… 대부분……."

목이 메는지 차마 뒷말을 잇지 못하는 각운.

광혜 대사는 대노하여 자리에서 벌떡 일어났다.

"뭣이라? 다시, 다시 말해보거라. 광인이 어떻게 되고 다른 분들이 어떻게 됐다고?"

수염을 부르르 떨며 제자를 다그치는 광혜 대사.

각운은 눈물을 글썽이며 재차 대답했다.

"사숙께서는 폐인지경에 이르셨고, 다른 분들의 생사는 너무 비참하여 차마 아뢰올 수 없다는 연락이 왔습니다."

"뭣이라고?"

"말도 안 돼!"

"도대체 누가? 어떤 놈이?"

사방에서 분노에 찬 고함 소리가 들려왔다.

각운이 울먹이며 뭐라고 대답했지만 소요선옹과 정석 도장 등은 아무 소리도 들리지 않았다. 그저 하늘이 무너진 듯 망연자실한 표정으로 수염만 부르르 떨었다.

"갑시다! 가서 놈들을 족칩시다!"

"옳습니다! 놈들이 다른 곳으로 가기 전에 모두 베어버립시다!"

군웅들이 떠들어대는 소리를 듣고 나서야 소요선옹은 겨우 정신을 차렸다.

"허허, 설마 그럴 리는……. 그럴 리는 없지. 천하의 현오 도장이 벌써 가버리지는 않았겠지……."

혹시나 하는 표정으로 단결봉 쪽을 바라보는 소요선옹.

삼십 년 지기인 현오 도장의 생사를 걱정하는 그 마음을 어찌 몇 마디 말로 위로할 수 있으랴.

"무량수불……."

"나무 관세음보살……."

정석 도장과 정수 사태는 침중한 안색으로 예상보다 많은 사람들이 살아 있기를 간절히 기원했다.

잠시 후.

광혜 대사를 비롯한 군웅들은 서둘러 단결봉 쪽으로 향했다.

소요선옹과 정석 도장도 그 무리에 섞였고, 정수 사태는 군웅들이 모두 떠나갈 때까지 기다렸다가 천천히 은혜연을 바라봤다.

"사매, 우리도 이제 출발하자꾸나."

마음 같아서는 일행의 선두에 서서 마인들을 베어버리고 싶은 마음이 굴뚝같은 정수 사태다. 그러나 심약한 사매를 생각하여 맨 뒤로 처지는 것이다.

몇몇 군웅이 못마땅한 표정으로 눈살을 찌푸렸지만 어쩔 수 없는 일이었다. 만에 하나라도 사매가 피의 소용돌이에 휘말린다면 무슨 면목으로 사부를 뵈올 수 있단 말인가.

은혜연은 두근거리는 마음으로 정수 사태를 뒤따랐다.

조금 전에 들은 충격적인 소식 때문에 잔뜩 굳어 있는 사람들.

그들의 표정을 보니 자꾸 가슴이 옥죄어왔다.

'제발 아니기를……. 그나 그 아이가 결코 흉수의 무리에 포함되어 있지 않기를…….'

단결봉 입구까지 걷는 동안 은혜연은 마음속으로 빌고 또 빌었다.

그러나,

"어허허헝! 사숙! 이게 어찌 된 일입니까?"

"맙소사! 이게, 이게 정녕 현실이란 말이더냐? 으아아아!"

"크흐흐흑! 사형! 사형께서 이렇게 가버리시다니! 이 아우들은 어찌하라고 먼저 가셨단 말이오. 크흐흐흑!"

사방에서 통곡 소리가 들려왔다.

은혜연은 너무 끔찍하여 눈을 감아버렸다.

시체, 시체, 시체…….

사방에 시체가 즐비했다. 그것도 제 모습을 간직하고 있는 시체는 거의 없고 대부분 토막 나 있거나 어육 덩어리가 되어 있는 비참한 모습들이었다.

몇몇 비위가 약한 사람들은 벌써부터 토악질을 하고 있었고, 사문의 어른이나 동문 사형제를 잃은 사람들은 하늘을 저주하며 눈물을 펑펑 쏟고 있었다.

그들의 괴로워하는 모습과 비통해하는 심정을 보니 자기도 모르게 분노가 치밀었다.

사람이 사람을 죽인다는 것.

그 얼마나 잔인하고 나쁜 짓인가.

하지만 그보다 더 악랄한 건 시체조차 보존하지 못하게 짓이겨 버린 것이다.

누구의 소행인지 모르나, 용서하지 않으리라.

하늘을 대신하여 그들에게 천벌을 내리리라!

마음속으로 결심하며 입술을 꾹 깨물고 있는데 건너편에서 익숙한 목소리가 들려왔다.

"이보게, 현오! 정신 차리게, 제발! 제발!"

비통한 울부짖음.

소요선옹이었다.

벌써 정수 사태는 그쪽으로 달려가고 있었다.

은혜연도 뒤따라가 봤다.

"아……!"

은혜연은 또 한 번 탄식을 터뜨릴 수밖에 없었다.

'잔인해! 너무 잔인해…….'

도저히 눈 뜨고 볼 수 없었다.

비록 계피학발에 꼬장꼬장하게 생긴 도사님이었지만, 그래도 자신에게는 따뜻하게 대해주던 사람이었다. 그런데 이게 뭐란 말인가?

사람을 죽지도 살지도 못하게 만들어놨다.

얼굴은 바둑판처럼 칼질을 해놓았고 사지는 절단해 버렸으며, 단전은 주먹 하나가 들어갈 만큼 뻥 뚫려 있었다. 거기다 전신의 뼈란 뼈는 다 으스러져 있고, 두 눈이 퀭하니 뚫린 상태에서 상상도 못할 공력으로 심맥마저 가닥가닥 끊어놓았다. 그런데도 아직 호흡이 붙어 있으니 차라리 죽느니만 못한 신세로 만들어 버린 것이다.

'도대체 누가! 왜? 무엇 때문에 이런 잔인한 짓을 벌였단 말인가?'

은혜연은 치를 떨며 주먹을 바르르 떨었다.

많은 사람들이 왜 마인들을 가까이 하지 말라고 당부하는지 그 이유를 드디어 알 수 있을 것 같았다.

'그들은, 인간이 아냐! 인두겁을 쓴 악마들이야!'

은혜연은 속으로 탄식하며 현오 진인을 동정했다.

보아하니 상대의 수법이 너무 지독하여 이곳에서는 도저히 기본적인 치료도 불가능한 것 같았다. 때문에 소요선옹이 공동파 제자 몇 사람을 불러 그를 급히 자파로 후송시키도록 조치했다. 그리고 다들 맥이 탁 풀려 땅바닥에 주저앉아 있는데 어디선가 웅성거리는 목소리가 들려왔다. 소림사 광혜 대사가 있는 쪽이었다.

"아!"

그의 품에 한 사람이 안겨 있었다.

십계십승의 한 사람이라던 광인 대사였다.

그는 다른 사람들과 달리 거의 멀쩡한 상태였다.

아혈과 마혈을 동시에 짚여 운신을 못하고 있는 모양인데,

광혜 대사가 그의 혈도를 풀어주려 애쓰고 있었다. 그러나 노력에 비해 별 효과가 없는지 안타까운 표정으로 굵은 땀방울을 흘리고 있었다.

군웅들은 그 주변에서 초조한 표정으로 발을 구르고 있었고, 그 주위로 계속 사람들이 모여들고 있었다. 다들 광인 대사에게서 흉수들에 대한 정보를 얻으려는 모양이었다.

그러나 도저히 진척이 없자 일부 사람들이 정석 도장과 소요선옹에게 눈짓을 했다. 좀 도와주라는 의미인 것 같았다.

정석 도장과 소요선옹은 머쓱한 표정으로 어깨를 으쓱했다.

천하의 나한전주 앞에서 무공을 논할 사람이 과연 몇이나 되겠는가?

또한 그의 배분과 체면이 있으니 비록 해혈법이라 하나 청하기 전에 나서는 건 예의가 아니라는 뜻을 피력해 보인 것이다.

하지만 군웅들의 뜻을 읽었을까?

광혜 대사가 정식으로 요청을 해왔다.

"빈승이 알고 있는 모든 해혈법을 써봤지만 도저히 통하지가 않는구려. 혹시 모르니 세 분께서 한번 봐주시겠소?"

광혜 대사의 요청에 정석 도장 등은 몇 번 겸양의 뜻으로 손사래를 치다가 군웅들의 재촉에 못 이겨 차례로 광인 대사의 맥을 짚어봤다.

그러나 정석 도장은 물론이고, 소요선옹과 정수 사태마저 흐린 표정으로 고개를 설레설레 흔들었다.

"도무지 알 수 없는 점혈법이로군요. 일반적인 수법과는 궤를 달리하고 있어 우리 힘으로는 방법이 없는 것 같습니다."

"아……."

군웅들이 실망한 표정으로 탄식을 터뜨리고 있을 때 정수 사태가 은혜연을 돌아봤다.

"사매, 사매가 한번 봐줬으면 좋겠구나."

"예? 사자께서 이미 보셨는데 제가 어찌……."

은혜연은 뺨을 붉히며 자신없다는 듯 군웅들 뒤로 몸을 숨겼다. 그러나 군웅들이 가만있지 않았다.

"오오! 그렇지! 검후께서 봐주시면 되겠구려!"

"옳소! 검후께서 봐주시면 방법이 있을지도 모르오!"

군웅들의 재촉에 은혜연은 쥐구멍으로 숨고 싶었다.

혹시 선배들이 해혈을 시도하지 않았다면 어떻게 나서보겠지만, 이미 그분들이 실패한 상황에서 자신이 어찌 나설 수 있단 말인가? 실패하면 상관없지만 만에 하나라도 자신이 성공해 버리면 그보다 난처한 일이 어디 있단 말인가?

그러나 군웅들은 물론이고 광혜 대사마저 강권에 나서자 더 이상 버틸 방법이 없었다.

"그럼 자신은 없지만……."

은혜연은 뺨을 붉히며 조심스레 광인 대사의 맥을 짚어봤다.

"아……!"

은혜연은 맥을 짚자마자 가슴이 철렁 내려앉는 기분을 느꼈다.

'같은 수법이야! 그 아이, 백리혜혜가 당한 것과 같은 수법이야!'

그랬다. 광인 대사가 당한 수법은 단순한 점혈법이 아니었다.

예전에 백리혜혜가 당한 것처럼 강한 마기가 그의 전신을 지배하고 있었다. 그래서 온갖 해혈법을 동원해도 정신을 차리지 못하고 있는 것이었다.

은혜연은 왠지 모를 불길함을 느끼며 관세음보살 사십이수진언을 외우기 시작했다. 그리고 조심스럽게 해혈을 시도했다.

"오오! 드디어 정신을 차리시는구려!"

"과연 천 개의 손을 가진 천수검후시로군. 대단하시오!"

광인 대사가 깨어나자 군웅들은 은혜연에게 찬사를 보냈다.

광혜 대사나 소요선옹 등도 기특하다는 듯 미소를 지어 보였지만 은혜연은 하나도 기쁘지 않았다. 왠지 광인 대사에게서 불길한 말이 나올 것 같아서였다. 그래서 두근거리는 심정으로 뒤로 물러나 있는데, 슬프게도 예상이 딱 맞아떨어졌다.

힘없는 목소리로 자신이 겪은 일을 이야기해 주는 광인

대사.

그 이야기를 듣다가 은혜연은 그만 눈물을 주르륵 흘리고 말았다.

'그가… 그가 인두겁을 쓴 악마였다니……. 그가 이 모든 살겁을 저지른 원흉이었다니…….'

마치 악몽을 꾸는 기분이었다.

도저히 믿고 싶지 않고 믿기 싫은 이야기였다.

그러나 진실이었다.

아직도 귓전을 울려오는 광인 대사의 목소리가 이 모든 일이 분명한 현실임을 깨우쳐 주고 있었다.

"그가 날 살려준 이유는 과거에 그의 모친이 사조님께 도움을 받았기 때문이라고 했소. 그 은혜를 갚기 위해 소림사만은 봐준다나 어쨌다나? 아무튼 그런 해괴한 말을 지껄이고 떠나갔소이다. 그리고 그 악마 같은 놈이 전하라고 한 말이 있는데, 차마 동도들에게 전하기 어려운 이야기라 입이 떨어지지 않는구려."

"무슨 이야긴지 모르지만 말씀해 주십시오. 일이 이 지경에 이르렀는데 더 이상 가릴 이야기가 뭐 있겠습니까?"

"그렇습니다. 어떤 이야기든 상관없으니 그 빌어먹을 놈이 뭐라고 했는지 알려주십시오."

군웅들의 재촉에 광인 대사가 긴 한숨을 쉬며 말했다.

"그 야차 같은 놈이 이렇게 말하더이다. '이십 년 전의 피

값을 남김없이 되돌려 받겠다. 더하여 오늘의 회합을 망친 자들과 천금마옥과 관련된 문파는 주춧돌 하나 남기지 않을 것이다. 다만 한 가지 살길을 열어주겠으니, 후환이 두려운 문파는 장문영부(掌門令符)를 준비해 놓고 봉문(封門)을 선언하라. 그렇지 않으면 개미 새끼 한 마리 남기지 않겠다. 그러나 공동파만은 이 혜택에서 제외될 것이다. 죽음의 공포가 그대들과 그대들 후손에게 자자손손 미칠 것이다'."

"뭐라고?"

"이런 발칙한 놈이 있나?"

"허허, 그야말로 자존광대하기가 극에 달한 놈이로다! 감히 강호 전체를 상대로 선전포고를 하려는 것인가?"

"미친놈! 네놈이 본 파를 공격하기 전에 우리가 먼저 네놈의 목을 따버릴 것이다!"

군웅들이 흥분하여 벌 떼처럼 일어났다.

그들의 욕설과 고함 소리를 들으며 은혜연은 멍하니 하늘을 쳐다봤다.

너무 원망스러운 하늘이었다.

자신에게 이런 아픔을 안겨주고 슬그머니 어둠 속으로 도망치고 있었다.

아직 자신은 슬픔을 삭이지도 못했는데 사위는 어둠에 잠겨가고, 군웅들은 살기 어린 표정으로 횃불을 준비하고 있었다.

아무래도 오늘은 무척 길고 슬픈 밤이 될 것 같아 가슴이 저려왔다.

*　　　*　　　*

"후우……."

묵자후는 한숨을 쉬며 좌우를 둘러봤다.

핏물을 흠뻑 뒤집어쓴 채 헉헉거리고 있는 수하들.

처음에 비해 희생자가 많지 않아 그나마 다행이었지만, 단결봉 입구에서 여기까지 오는 데 얼마나 많은 전투를 치렀는지 묵자후 본인조차 어깨가 뻐근할 정도였다.

가는 곳마다 발목을 잡는 정파인들.

도대체 얼마나 몰려왔는지 감이 잡히지 않았다.

"적게 잡아도 삼천 명 이상입니다. 이 넓은 산에 쫙 깔린 걸 보니 그 이하로는 어림도 없습니다."

냉희궁의 말에 묵자후는 고개를 끄덕였다.

"내가 생각해도 그쯤 될 것 같더군. 그래도 밤이 깊어져서 다행이오. 모두 지쳐 있는 상황인데 한숨 돌릴 수 있게 됐소."

"그건 그렇습니다만, 문제는 이 시간에도 놈들이 사방에서 옥죄어오고 있다는 사실입니다."

"그렇지. 하지만 우리 쪽도 대부분 합류했으니 크게 문제될 건 없소. 그리고 피아의 식별이 불가능한 상황이라 놈들도 곧 휴식을 취하게 될 거요."

"그래도 놈들이 척후를 보낸다면 상당히 골치 아파질 것 같습니다."

"흠, 그 생각을 못했군. 놈들은 추적하는 입장인데다 인원수가 월등하게 많으니……."

묵자후는 인상을 찌푸리며 잠시 생각에 잠겼다.

단결봉 입구에서 싸울 때처럼 놈들의 주력이 한군데 모여 있다면 단번에 부숴 버리겠는데 토끼몰이 하듯 사방에서 나뉘어 오니 골치가 아팠다.

특히나 놈들 대부분이 강호에서 날고 긴다는 구대문파 정통 고수들.

그들 중 몇 사람만 출도해도 강호에 입소문이 나돈다는데 그런 고수들이 부지기수로 몰려오고 있다. 특히 장로 급으로 보이는 몇몇 고수들은 혈우검마나 밀막의 막주 급이 아니면 상대할 방법이 없으니 문제가 심각했다. 자신이 나서서 그들을 상대하려고 해도 여러 곳에서 몰려오니 몸이 열 개가 아닌 이상 수하들의 피해를 막을 방법이 없었던 것이다.

물론 입장을 바꿔보면 놈들도 답답하긴 매한가지리라.

이곳 산세가 워낙 험해 결집된 힘을 사용할 수 없으니 울며 겨자 먹기로 인원을 나눌 수밖에 없으니.

그 때문에 현재까지는 큰 피해 없이 움직이고 있는데, 냉로 말대로 놈들이 척후를 가동하면 상당히 골치 아플 것 같았다. 자신들은 계속 신경을 곤두세우고 있어야 하는 반면, 놈들은 휴식을 취하며 틈틈이 공격해 오면 되니.

'이곳 지형이 조금만 더 넓으면 좋겠는데…….'

수하들의 인원이 이천 명을 넘으니 진법을 펼치려 해도 엄두가 나지 않았다.

이천 명 모두를 감추기 위해서는 그만한 장소가 있어야 하기 때문이다.

'그래도 날이 밝으면 적당한 장소를 물색해 봐야겠어. 그래야 안전하게 놈들을 따돌릴 수 있으니.'

그런 생각을 하며 냉희궁에게 지시를 내리려는데, 멀리서 이상한 기운이 느껴졌다.

'이 기운은 뭐지?'

이전과는 전혀 다른 기운이었다.

'정파 놈들은 아닌 것 같고…….'

가만히 기감을 집중해 보니 제삼의 세력인 것 같았다. 반대편 능선에서 서서히 접근하고 있었는데, 중간에서 움직임을 멈추더니 격렬한 파동을 일으키고 있었다. 짐작컨대 그쪽 부근에 있던 정파 놈들과 시비가 붙은 모양이었다.

'호! 상당히 강한 놈들인데?'

이미 익숙한 기운, 정파 쪽의 기운이 서서히 약해지는 걸 보니 대단한 무력을 갖춘 놈들이었다.

'그렇다면?'

잘하면 그들이 이 난국을 타개할 수 있는 좋은 계기가 될 수 있을 것 같았다.

'일단 놈들의 정체부터 파악해 봐야겠군!'

묵자후는 생각과 동시에 자리에서 일어났다. 냉희궁이 무슨 일이냐고 물었지만, 주변을 한 바퀴 둘러보고 오겠다고만 이야기하고 어둠 속으로 몸을 날렸다.

잠시 후.

'호? 이것 봐라? 원수는 외나무다리에서 만난다더니, 저놈들이 이곳에 나타날 줄이야!'

묵자후는 낙엽 우거진 산모퉁이 위에서 회심의 미소를 짓고 있었다.

저 언덕 아래에서 치열한 격전을 벌이고 있는 이들.

한쪽은 정파의 고수들이었고, 다른 한쪽은 흑마련의 고수들이었다.

저들이 왜 이곳에서 싸우고 있는지 이유는 알 수 없었지만, 이미 동정호에서부터 마탑과 흑마련에 대해 이를 갈고 있던 묵자후다. 그런데 놈들이 이 외진 곳에서 정파 놈들과 혈투를 벌이고 있었으니 더할 나위 없이 반가웠다.

'좋아! 저놈들 덕분에 일석이조의 효과를 볼 수 있겠군! 어디 네놈들끼리 머리 터지게 싸워보려무나! 내가 좋은 장소를 제공해 주지!'

어둠 속에서 싸늘히 미소 짓는 묵자후. 그의 눈에 맞은편 산봉우리에서 염왕단을 지켜보고 있는 호존승들이 보였다.

뱀과 사람, 늑대 목걸이를 하고 있는 밀밀승을 비롯해 흡혈승과 저주승, 황금승과 이간승 등, 그들과는 전혀 일면식도 없는 묵자후였으나, 그들의 전신에서 흘러나오는 마기를 통해 예전에 광동 땅과 동정호에서 싸웠던 환락승 등과 같은 일행이라는 걸 눈치 챌 수 있었다.

짧은 시간, 흑마련의 움직임을 보고 온 묵자후는 곧바로 수하들을 소집했다. 물론 전체를 다 불러 모은 건 아니고 혈우검마를 비롯해 기련혈마, 사검 막청, 혈비도 괴랑, 무음흡혈 사공극, 철면사신 담도, 혈검 손계묵 등 마도명부록 서열 백위권 내에 드는 고수들만 불러 모았다.

"한 시진 내에 계곡이나 깊은 골짜기를 찾으시오! 단, 계곡이나 골짜기 주변에 우회할 수 있는 길이 있어야 하니 그 점을 반드시 명심해 주시오!"

"존명!"

일체의 반문을 허용하지 않겠다는 듯 빠른 어조로 명을 내리자 혈우검마 등은 즉시 어둠 속으로 사라졌다.

희사와 냉희궁은 그 모습을 보고 고개를 갸웃했다.

"지존, 갑자기 계곡과 골짜기는 왜 찾으시는지요?"

희사의 물음에 묵자후는 천년오공의 등을 쓰다듬으며 자기 계획을 이야기했다. 순간 두 사람은 깜짝 놀라 서로를 마주 봤다.

"저어… 지존, 외람되지만 너무 위험한 계획이 아닌지요?"

"그렇습니다, 지존. 만에 하나라도 계획이 잘못되면 우리 모두 독 안에 든 쥐 신세가 될 수 있습니다."

걱정스런 표정으로 재고(再考)를 요청하는 두 사람.

그들은 아직 묵자후의 능력을 정확히 모르고 있다. 때문에 묵자후가 제갈공명이 아닌 이상 어떻게 진법을 써서 적들의 이목을 속일 수 있을까, 걱정하고 있었다.

묵자후는 굳이 설명해 줄 필요를 느끼지 못했다.

"그 문제는 두고 보면 알 테니 너무 걱정하지 마시오. 내가 고민하는 건 놈들의 이목을 속이는 부분이 아니라 그다음이라오."

"그다음이라뇨?"

"놈들을 따돌리고 난 뒤에 이 산을 빠져나가면 그때부터 지루한 추격전이 시작될 텐데, 우리 인원이 워낙 많다 보니 이런저런 걱정이 되는구려."

"음… 만약 놈들을 따돌리는 문제만 풀리면 그 뒤는 걱정하실 필요 없습니다."

"음? 그게 무슨 소리요?"

냉희궁이 수염을 만지작거리며 대답했다.

"이곳만 빠져나가면 숨을 곳은 무척 많습니다. 어차피 옛 철마성은 국경 너머에 있으니, 웅관(雄關)이나 옥문관 쪽으로 움직이면 군부 때문에 놈들이 추격을 망설일 것입니다. 또한 장성(長城)을 넘나들며 놈들과 장기전을 벌여도 되고 최악의 경우 부처님께 좀 미안하긴 하지만 천불동(千佛洞)을 이용할 수도 있습니다."

"천불동? 맞아! 내가 왜 그 생각을 못했지? 천불동에는 천 개가 넘는 석굴이 있다면서요? 주변에는 백양나무가 우거져 있고 멋진 강도 흐르고 있다죠?"

묵자후가 금초초에게 들은 옛이야기를 떠올리며 묻자 냉희궁은 난처한 표정을 지었다. 사정이야 어찌 됐든 자기들이 살자고 천불동을 이용한다는 게 왠지 죄스럽게 느껴졌기 때문이다.

그러나 묵자후는 오히려 그 반대로 생각했다.

"뭐, 어때요? 우리가 일부러 그곳을 사용하려는 것도 아니고 추적을 피하기 위해 이용하겠다는데 그쯤은 저 하늘에 계신 분도 충분히 이해하실 겁니다."

"그, 그건 그렇지만……."

냉희궁이 뭐라고 이야기를 덧붙이려 했지만 묵자후는 희사를 바라보며 자연스럽게 화제를 돌려 버렸다.

"조금 있다가 가신 분들이 돌아오면 횃불을 좀 준비해 주시오."

"횃불이라 하셨습니까?"

"그렇소."

"얼마나 준비하면 될는지?"

"많으면 많을수록 좋소. 놈들의 이목을 속이기 위해서는 먼저 이목을 끌어야 하니."

고수들을 사방으로 보낸 이유도 바로 그 때문이었다.

수십 명이 동시에 움직였으니 그중 몇 사람은 놈들의 주의를 끌었을 터. 그때 횃불을 들고 움직이면 놈들이 무의식적으로 뒤따라오게 된다. 흑마련도 마찬가지고.

그 시간 차이를 잘 이용해 자기들이 쏙 빠져 버리면 놈들끼리 일대 혼전을 벌이게 될 것이다.

"부디 좋은 장소를 찾아오기만 바랄 뿐이오. 나머지는 아무 걱정할 필요가 없소."

확신에 찬 눈빛으로 두 사람을 다독이는 묵자후.

그러나 냉희궁은 속으로 연신 한숨을 내쉬었다.

'자신감을 가지시는 건 좋지만 진법이 뉘 집 애 이름도 아니고…….'

옛 철마성 부군사 출신인 냉희궁.

그 역시 한때 진법에 심취해 봤었기에 진법이 얼마나 어려운 학문인지 그 누구보다 잘 알고 있었다.

때문에 그는 이런 험악한 지형에서 이천 명을 숨기는 진법을 펼친다는 건 도저히 불가능하다고 생각했다. 옛 상관이었던 마뇌뿐만 아니라 죽은 제갈공명이 살아 돌아와도 불가능하다고 생각했다.

"일단 눈 좀 붙이고 계십시오. 속하가 이곳저곳 살펴보고 오겠습니다."

냉희궁은 힘없이 자리에서 일어났다.

희사는 묵자후의 눈치를 살피며 머뭇거리다가 천년오공이 새까만 눈길로 자신을 쏘아보자 어깨를 축 늘어뜨리며 밖으로 나갔다.

마음 같아서는 그 곁에 좀 더 머물고 싶었지만 받은 명도 있고, 천년오공이 무서워 더 이상 남아 있을 수가 없었다.

반 시진 뒤.

묵자후의 명을 받고 동서남북으로 흩어졌던 마인들이 모두 돌아왔다.

그들로부터 주변 지형에 대한 보고를 받은 묵자후는 환한 표정으로 수하들을 모두 불러 모았다. 그리고 각자 횃불을 들게 한 뒤 사방을 경계하며 북서쪽으로 이동했다. 밀막의 막주인 혈검 손계묵이 발견한 절곡으로 가기 위해서였다.

재회

魔道天下

"방금 뭐라고 하셨소? 놈들이 횃불을 들고 어디론가 이동하고 있다고?"

광혜 대사의 물음에 공동파 제자가 고개를 숙이며 대답했다.

"그렇습니다."

"흠, 이 밤중에 횃불을 들고 이동한다? 무슨 꿍꿍이지?"

광혜 대사가 고개를 갸웃거리자 형산파 제자 가운데 한 사람이 눈을 반짝이며 말했다.

"혹시 우릴 유인하려는 게 아닐까요?"

"우릴 유인해서 뭘 어쩌려고?"

"그야… 화공(火攻)을 펼치든지……."

"말도 안 되는 소리. 사방이 빙설 천진데 화공은 무슨."

"그럼 무슨 함정이라도……."

형산파 제자가 머쓱한 표정으로 말꼬리를 흐리자 그 옆에 있던 화산파 제자가 딱하다는 듯 말했다.

"그것도 불가능하오. 놈들이 그런 함정을 준비했다면 벌써 수십 번은 사용했을 것이오."

옳은 말이다.

단결봉 부근에서 수십 차례의 격전이 벌어졌었으니 함정이 있었다면 벌써 사용했을 것이다.

"제 생각에는 산세가 험하고 무공이 약한 자들이 많아서 그런 것 같습니다. 그리고 횃불을 들고 이동하면 우리끼리 갑론을박하며 시간을 허비하게 될 테니, 놈들 입장에서는 그만큼 거리를 벌릴 수 있다는 계산 때문인 것 같습니다."

무당파 속가제자 가운데 한 사람의 의견이었다.

"글쎄, 그렇다 하더라도 너무 무모하지 않은가? 거리를 벌려봤자 신법으로 따라잡으면 되고, 멀리서 횃불을 목표 삼아 암기를 던지면 어떻게 방어하려고?"

소요선옹이 점잖게 이야기하자 그 역시 얼굴을 붉히며 말꼬리를 흐렸다.

"글쎄요. 그 부분에 대해서는… 무슨 방책을 세워두지 않았을까요?"

"아무튼!"

가만히 듣고 있던 광혜 대사가 형형한 눈빛으로 좌중을 둘러봤다.

"놈들이 공개적으로 움직이고 있으니 어찌했으면 좋겠소?"

그때부터 눈치만 보고 있던 군웅들이 중구난방으로 떠들어대기 시작했다.

"대사! 어찌하고 자시고 고민할 게 뭐 있습니까? 그냥 뒤따라가서 족쳐 버립시다!"

"옳소이다! 벌써 수많은 동도들이 비명에 갔소이다. 가서 놈들의 씨를 말려 버립시다!"

흥분한 표정으로 목소리를 높이는 사람들.

그들의 대부분은 단결봉 입구에서 가장 많은 희생자를 낸 공동파와 청성파, 그리고 방금 하서주랑을 통해 합류한 사람들이었다.

특히 하서주랑 쪽에서 합류한 사람들은 대부분 흉흉한 표정을 짓고 있었다. 그 이유는 이곳으로 합류하기 위해 산봉우리를 빙 돌다가 흑마련과 몇 번 접전을 벌인 때문이었다. 그래서 다들 흑마련을 묵자후가 이끄는 마인들로 오해하여 복수를 부르짖고 있는 것이었다.

은혜연은 그들의 이야기를 한 귀로 듣고 한 귀로 흘리며 조용히 천수여의검을 들여다보고 있었다.

자애로운 미소를 짓고 있는 관음보살이 구름을 타고 천 개의 검을 휘두르고 있는 검집과 연꽃에서 피어오른 두 마리 용이 양쪽으로 갈라져서 성난 표정으로 포효하고 있는 고동(古銅:방패막이) 부위를 만지작거리며 잠시 후에 있을 결전을 대비하고 있었다.

묵자후.

그 나쁜 사람의 목을 천 개의 손으로 성난 용과 같이 단번에 베어버리기 위해 마음을 가다듬고 있었던 것이다.

그런 은혜연을 보며 정수 사태는 아무 말도 할 수 없었다.

불과 한 시진 전까지만 해도 사매가 피의 소용돌이에 휘말리지 않기를 기원했으나 이제는 그녀의 손에 피를 묻히더라도 남녀 간의 애정이라는 번뇌의 싹을 일찌감치 베어버렸으면 좋겠다는 생각이 들었다. 그래서 그녀를 방해하지 않기 위해 속으로 불호를 외우며 염주만 굴리고 있었다.

그때 우렁우렁한 광혜 대사의 음성이 들려왔다.

"여러 동도들의 의견을 취합해 본 결과, 다소 위험이 있다 하더라도 지금 즉시 출발하여 놈들을 일벌백계에 처하기로 했소. 다들 그렇게 알고 행장을 꾸려주시오. 반 각 뒤에 출발하겠소이다!"

그 말이 떨어지기 무섭게 군웅들이 와아! 하는 함성을 질렀다. 그리고 다들 병장기를 손질하거나 자기가 속한 문파 사람들을 찾아가 어떻게 이동하고 어떻게 행동할 것인지를 상의

하기 시작했다.

*　　*　　*

“갑자기… 맞은편 능선에서 횃불이 보인다고?”

“그렇소. 어떻게 하실 작정이오?”

“글쎄, 우리야 목표물이 도착하기 전까지는 움직이고 싶지 않은데, 단주 생각은?”

“후후, 저희가 받은 명은 일망타진뿐입니다. 가서 놈들을 짓밟아줘야죠.”

염왕단주의 대답에 밀밀승은 눈살을 찌푸리며 옆 사람을 쳐다봤다.

“흠… 흡혈승께선 어찌 생각하시오?”

“나 역시 움직이고 싶진 않지만, 횃불이 타오르는 걸 보고 그 계집이 궁금해서 달려올 수도 있으니 염왕단을 뒤따라가는 것도 나쁘지는 않다고 생각하오.”

“만통 도인의 생각은 어떠시오?”

밀밀승이 한쪽 구석에서 수정구를 들여다보고 있는 음충맞은 중년인을 돌아봤다.

“흐흐, 아직 아기들의 움직임이 잡히지 않고 있습니다. 우리 아기들도 불을 좋아하니 합류하는 게 좋을 것 같아요.”

“흠, 그럼 다른 분들의 생각은?”

"우린 아무 상관 없소이다. 광마승만 아니면 누구와 싸워도 상관없으니까."

황금승이 모두를 대신해 대답했다.

밀밀승은 고개를 끄덕이며 염왕단주를 바라봤다.

"다들 비슷한 의견이니 염왕단이 먼저 움직이시오. 우리가 그대들 뒤를 받쳐 주겠소."

"훗, 뒤를 받쳐 주실 필요까지는 없고, 우리 애들이 어떻게 싸우는지 구경하신 후 대부인께 좋은 말씀이나 드려주시오."

그 말과 함께 염왕단주의 몸이 연기처럼 사라졌다.

"크큭, 무척 건방진 놈이로군."

"그러게 말이야. 아직 황홀경에도 다다르지 못한 놈이 목에 힘만 잔뜩 들어가 있군."

황금승 등이 염왕단주의 태도를 보고 기분 나쁘다는 표정을 지었다. 그러나 밀밀승은 무심한 표정으로 저 멀리 보이는 산봉우리를 쳐다봤다.

'왠지 기분이 나빠……. 저 너머에서 알 수 없는 기운이 느껴지는데 도대체 무슨 기운인지 알 수가 없군…….'

속으로 중얼거리던 밀밀승은 고개를 돌려 모두에게 눈짓을 보냈다.

벌써 염왕단이 능선 쪽으로 이동하기 시작한 때문이었다.

* * *

"놈들이 오고 있습니다!"

어둠 속에서 누군가가 소리쳤다.

저 멀리서 헉헉거리며 달려오는 사내.

그가 소면살(笑面殺)이라는 별호에 어울리지 않게 다급한 표정으로 보고하자 마인들은 바짝 긴장했다.

"좋아! 예상대로 정파 놈들이 먼저 움직였군! 누구, 검 가진 사람 있으면 좀 빌려줘 봐."

묵자후가 싸늘한 눈빛으로 고개를 돌리자 누군가가 공손히 검을 내밀었다.

"혹시 이런 검이라도 괜찮으시다면……."

"흠, 좋은 검이군. 나중에 받으러 오도록."

묵자후는 수하가 바친 검을 보며 고개를 끄덕이다가 모두 들으라는 듯 커다란 음성으로 말했다.

"잠시 귀가 아플 테니까 모두 귀를 막고 계속 목적지까지 이동하도록."

"존명!"

수하들이 영문도 모른 채 복명하자 묵자후는 신형을 박차며 길게 사자후를 토했다.

"우우우우우우!"

대기가 요동치고 산천초목이 흔들렸다.

오랜만에 사자후를 터뜨려서 그럴까?

가슴이 후련하고 온몸에 진기가 용솟음쳤다.

세찬 바람이 뺨을 스치고 주위 경물이 휙휙 뒤로 물러난다고 느끼는 순간, 어느새 언덕 끝자락에 이르렀다.

일렁이는 횃불 사이로 치열한 접전이 벌어지고 있었다.

횃불이 목표가 됐는지 검광이 충천하고 사방에 암기가 날아다녔다. 그러나 혈우검마와 기련혈마 등이 분전(奮戰)을 벌이고 있어 아직까지는 크게 밀리거나 위험한 정도는 아니었다. 하지만 수하들의 희생이 조금씩 늘어나자 검을 쥔 손에 저절로 힘이 들어갔다.

"타아아아앗!"

묵자후는 벽력 같은 고함을 지르며 지면을 향해 검강을 내뿜었다.

쾌애애애액… 꽈르르르릉!

무려 일 장에 달하는 검강이 지면을 덮치자 바위와 초목들이 한꺼번에 잘려 나갔다. 뒤이어 무수한 비명 소리가 흘러나오며 사색이 된 정파인들이 우르르 뒤로 물러났다.

하지만 묵자후는 인정사정 봐주지 않고 몇 번 더 검강을 떨쳐 냈다. 그러자 놈들이 더욱 멀리 물러났고 이제 육안으로는 놈들의 모습이 거의 보이지 않게 됐다.

묵자후는 그제야 검을 멈추고 혈우검마 등을 치하했다.

"모두 고생 많았소. 이제 놈들이 따라붙었으니 지금부터는 뒤를 신경 쓰지 말고 최고 속도로 본대와 합류하도록 하시오."

그렇게 명을 내린 뒤 곧바로 몸을 날려 본대로 되돌아왔다.

"앞쪽 상황은 어때? 아직 아무 소식도 없나?"

묵자후가 회오리바람을 동반하며 나타나자 냉희궁을 비롯한 마인들은 뜨악한 표정으로 눈만 끔뻑였다. 이제 익숙해질 만도 하건만 볼 때마다 사람을 놀래게 만드는 묵자후의 신위에 질려 버린 것이었다.

"이런! 앞쪽에 무슨 소식 없느냐니까 왜들 그러고 있어?"

묵자후가 재차 질문을 던지자 누군가가 더듬거리는 목소리로 겨우 대답했다.

"아직… 소식이 없습니다."

공교롭게도 그 말이 끝나자마자 누군가가 달려왔다. 앞쪽에서 경계를 맡고 있던 대력귀(大力鬼)란 자였다.

"놈들이 오고 있습니다. 엄청나게 빠른 속도입니다."

"그래? 너무 빠르면 곤란하지."

그 말이 끝나기 무섭게 묵자후의 신형이 또다시 까만 점으로 변해갔다. 조금 전과 마찬가지로 쩌렁쩌렁한 사자후가 들려오고, 하얀 광채가 밤하늘을 수놓았다. 그리고,

"휴우, 예상보다 훨씬 강한 놈들이군. 정파 놈들이 애 좀 먹겠어."

온다 간다 말도 없이 사라졌다가 놀란 가슴을 진정시키기도 전에 되돌아온 묵자후.

마인들은 더 이상 할 말이 없었다.

이후에도 그런 과정을 몇 번 더 거치며 능선을 내려가자 드디어 혈검 손계묵이 발견한 절곡 입구가 보였다.

마치 지옥문처럼 커다랗게 입을 벌리고 있는 깊고 험한 절곡.

가파른 암벽이 양옆으로 솟아 있고 입구 근처에는 장정 서너 명이 어깨를 맞대고 걸어갈 수 있는 계곡길이 형성되어 있었다.

"좋군! 생각했던 것보다 훨씬 좋은 지형이야!"

묵자후는 감탄사를 연발하며 절곡 입구를 바라보다가 전령으로 삼은 대력귀와 소면살을 불러 명을 전달했다.

"지금부터 반 각 정도 시간이 걸릴 테니 어떻게든 놈들을 막으라고 해! 그리고 신호를 보내면 지체없이 불을 끄고 이쪽으로 달려오라 하고. 조금이라도 머뭇거리면 작전이 엉망이 되니 무슨 일이 있어도 명을 따르라고 해!"

"존명!"

대력귀와 소면살이 사라지자 묵자후는 절곡 안으로 들어갔다. 그리고 반 각 뒤에 밖으로 나와 수하들에게 신호를 보냈다.

"모두 퇴각!"

명이 떨어지자 횃불이 일제히 꺼지고 능선 전체에 칠흑 같은 어둠이 드리웠다.

"으으, 이런 때려죽일 놈들! 이때까지 실컷 약을 올리다가 냅다 도망을 가?"

청성파 이대제자인 청산일권(淸山一拳) 양기륭은 치미는 분노를 주체하지 못해 콧김을 씩씩 내뿜었다.

방금 전까지만 해도 암기를 날리며 기습을 가해오던 놈들이 갑자기 썰물처럼 확 빠져나간다. 그중에는 자기 사제의 심장을 찌른 놈도 포함되어 있었으니 화가 나서 머리 뚜껑이 열리는 기분이었다.

하지만 놈들이 한꺼번에 횃불을 꺼버리는 바람에 시야가 일순간 흐려졌다. 그래서 잠시 눈을 깜빡이며 사위를 경계하다가 다시 놈들을 쫓아가려는데 누군가가 소매를 잡아왔다.

"양 형! 조금만 천천히 갑시다! 놈들 중에 엄청난 고수가 있소!"

화산파 이대제자인 무운검(武運劍) 마낙길이었다.

양기륭은 인상을 쓰며 소맷자락을 떨쳤다.

"그까짓 놈! 우리 모두 달려들면 막을 수 있소. 그리고 그 놈에게 우리 사숙께서 당하셨소. 또한 그 수하들에게 내 사제가 당했소. 그런데 천천히 움직이라고? 빌어먹을! 마 형이나 계집애처럼 뒤로 빠져 있으시오. 나는 가서 복수를 해줘야겠소!"

그가 고함치자 여기저기서 동조하는 목소리가 흘러나왔다.

"옳은 말이오! 미꾸라지처럼 달아나던 놈들이 바로 저 앞에 있소이다! 여기까지 와서 놈들을 놓아줄 생각이오?"

"옳소! 갑시다! 가서 놈들의 목을 베어버립시다!"

"와아아!"

군웅들은 몇 사람의 만류에도 불구하고 함성을 지르며 마인들을 추격했다. 그 기세에 휘말려 광혜 대사를 비롯한 수뇌부도 어쩔 수 없이 절곡 쪽으로 향했다.

흑마련도 마찬가지였다.

"으드득! 불과 반 시진 만에 백 명도 넘게 당했어!"

"수치스러운 일이야! 우리 염왕단의 자존심을 걸고 복수를 해야 해! 모두 최고 속도로 놈들을 따라잡아!"

"이런! 매복, 매복을 조심해!"

"그까짓 매복! 어디 내 앞에 걸리기만 하라지!"

염왕단 역시 묵자후에게 당하고 그 수하들에게 당하다가 그들이 한꺼번에 후퇴해 버리자 약이 올라 앞뒤 가리지 않고 능선을 내려갔다.

달빛도 보이지 않는 어둠.

자칫 잘못하면 넘어질 것 같은 가파른 산길.

그러나 양기륭은 절묘한 신법으로 비탈길을 내려갔다.

'이제 거의 다 따라잡았어!'

눈앞에 상대의 등판이 잡힐락말락했다.

'조금만 더, 조금만 더!'

양기륭은 이를 악물며 신형을 박차는 동시에 전면을 향해 검을 휘둘렀다.

"이야아압! 잡았다, 이놈!"

눈앞에서 화악 커지는 놈의 뒤통수.

진기를 검극에 모아 놈의 목을 날려 버리려는데,

카앙!

어디선가 무시무시한 검기가 날아왔다.

"크윽!"

순간적으로 기혈이 뒤틀려 바닥을 한 바퀴 뒹굴었다. 그리고 벌떡 일어나 다시 검을 휘둘렀다. 그런데,

"어라? 이게 어떻게 된 일이야?"

눈앞에 있던 놈이 갑자기 사라져 버렸다.

'그럼 누가 내 검을 쳐냈지?'

주위를 두리번거리니 낯선 암기가 떨어져 있다.

악마 형상에 팔이 열여섯 개 그려진 암기.

'이게 어디서 날아왔지?'

고개를 갸웃거리는 순간,

"와아아!"

"저기도 있다! 놈을 잡아 죽여!"

머리 위로 새카만 인영들이 날아왔다.

양기륭은 자기도 모르게 눈을 부릅떴다.

'뭐야? 저놈들이 언제 저 위로 이동했지?'

그 생각을 끝으로 양기륭의 신형이 짚단처럼 허물어졌다.

아수라 형상의 가면을 쓴 사내가 그의 목을 베어버린 것이었다.

"크하하! 내가 한 놈 잡았다!"

파리하게 변한 양기륭의 목을 들어 올리며 광소를 터뜨리는 염왕단 무인.

하지만 그 역시 밀물처럼 들이닥친 화산파 무인들에 의해 허리가 두 쪽으로 나눠지고 말았다.

밀밀승은 기가 막혔다.

"도대체 이게 무슨 난리야?"

분명히 놈들이 언덕 아래로 달아나는 걸 봤는데 어느 순간, 능선 위에서 물밀듯이 몰려오고 있다. 아니, 능선 위에서뿐만 아니라 사방에서 몰려오고 있다.

"아까 그놈들이 아니야! 두 시진 전에 부딪친 정파 놈들이야……!"

뭔가 일이 이상하게 꼬여 버렸다.

놈들은 어디 가고 정파 놈들이 나타났단 말인가?

기감을 퍼뜨려 놈들의 종적을 찾아보려 해도 사방에서 암기가 날아다니고 검광이 충천해 도저히 정신을 집중할 수 없었다. 그야말로 도떼기시장처럼 아차 하는 순간 양쪽이 뒤엉켜 난장판이 되어버린 것이다.

"보아하니 정파 놈들도 그들을 뒤쫓고 있었던 모양인데, 으음……."

매우 곤혹스러운 상황이었지만 어쩔 수 없었다.

염왕단이 이곳으로 투입된 목적 중 하나가 정파 놈들을 몰살시키는 것이었으니.

'그런데 어쩌다가 엉뚱한 놈들을 추격하게 됐지?'

상황이 너무 혼란스럽다 보니 자기들이 왜 여기까지 달려왔는지조차 헷갈렸다.

'그렇군! 그놈의 사자후! 그리고 횃불! 그것 때문에 우리가 걸려들었군!'

누군지 몰라도 매우 영악한 놈이다. 사자후와 횃불로 모두의 이목을 집중시킨 뒤 싹 빠져 버리다니.

'아니, 아니군. 아직 빠져 버린 건 아니군.'

밀밀승의 눈빛이 어느 한곳으로 집중됐다.

절곡 입구.

아직 수하들 중 일부가 절곡 안으로 들어가지 못했기에 그 앞을 막아서고 있는 묵자후를 향해서였다.

'방금 전의 사자후가 저놈에게서 나온 거였군.'

먼발치에서 봐도 엄청난 공력, 대단한 무위였다. 가볍게 검을 휘두르는데도 하얀 빛줄기가 흘러나와 주변을 거의 초토화시키고 있었다.

'기가 막히는군. 정파 놈들이고 우리 염왕단이고 가리지 않고 살수를 쓴단 말이지? 대단한 배짱이야!'

배짱만 대단한 게 아니다.

실력은 그보다 더 뛰어난 것 같다.

"밀밀승도 저놈을 보고 계시는구려. 어떻게 했으면 좋겠소?"

황금승이 달려드는 정파 무인들의 목을 꿰뚫으며 물었다.

"글쎄… 보면 볼수록 소름이 끼쳐서 함부로 결정을 내리기가 곤란하군."

"설마… 그 정도란 말이오?"

황금승이 놀란 듯 물었다.

밀밀승은 말없이 고개를 끄덕였다.

처음엔 그저 대단한 놈이구나, 라고 생각했는데 집중해서 보니 그 이상이었다.

'놈은 아직 본신 실력을 발휘하지 않고 있어! 수비 초식도 생각하지 않고 오직 수하들을 뒤로 빼돌리기에 여념이 없어! 가만? 수하들을 빼돌려? 어디로?'

마치 환상을 보고 있는 듯한 착각이 들었다.

놈은 분명히 수하들을 빼돌리고 있는데 그들의 종적이 묘연했다. 마치 안개처럼, 놈의 등 뒤로 가기만 하면 모두 흔적없이 사라져 버렸다.

"그렇군! 진법이야! 놈이 진법 입구를 가로막고 있어!"

안력을 모아 바라보니 틀림없었다.

놈의 등 뒤에 일렁이는 기운이 느껴졌다.

밀밀승은 진심으로 감탄하며 염왕단주에게 신호를 보냈다.

"저곳이오! 염왕단의 모든 힘을 저쪽으로 투입시키시오!"

"후우, 후우. 정말 징그럽게 달려드는군."

묵자후는 정신없이 검을 날리다가 잠시 호흡을 가다듬었다.

이제 수하들은 거의 진 안으로 들어갔고 주변에 있는 몇 사람만 들어가면 된다.

"뭣들 하나? 어서 몸을 빼내! 남은 사람들은 그대들뿐이야!"

묵자후가 달려드는 적들을 베며 다시 한 번 소리쳤다. 그러나 혈우검마 등은 완강히 고개를 내저었다.

"여기는 제가 맡겠습니다! 지존께서 먼저 들어가십시오!"

"이런! 괜찮아. 어서 들어가!"

"싫습니다. 지존께서 움직이시기 전에는 절대 못 움직입니다!"

"이런 답답한! 그대들이 안 가면 내가 더 피곤해."

"그래도 어쩔 수 없습니다. 지존께서 먼저 움직이십시오!"

서로 먼저 가라고 다그치며 인상을 쓰고 있는데 멀리서 엄청난 기운이 몰려왔다. 염왕단 쪽에서 한꺼번에 수백 명이 몰려오고 있었다.

그들만이 아니었다.

정파 쪽에서도 고수들이 나섰는지 막강한 기운이 몰려오고 있었다.

저들이 도착하고 나면 혈우검마나 혈검 손계묵 등은 정말 몸을 빼낼 수 없게 된다.

묵자후는 할 수 없이 소맷자락에 있던 천년오공을 꺼내 혈우검마 등에게 던지려는 시늉을 해 보였다. 반협박이었다.

"으악! 지존!"

"서, 설마 그걸 저희들에게 던지실 생각입니까?"

혈우검마 등이 혼비백산하여 주춤주춤 뒤로 물러났다.

묵자후는 그 모습을 보고 혀를 찼다.

"이런! 이놈을 꺼내니 오히려 더 뒤로 물러나네?"

묵자후는 한숨을 쉬며 천년오공을 흔들어 보였다.

"보다시피 난 이놈이 있으니까 최악의 경우라도 몸을 빼낼 수 있어. 그러니 어서 뒤로 빠져. 지금 당장 뒤로 빠지지 않으면 명령불복종으로 이놈을 던져 버릴 거야!"

혈우검마 등이 그제야 뒤로 물러서는 기색을 보였다.

"휴우, 그렇게까지 하시겠다니 방법이 없군요."

"어쩔 수 없이 속하들이 먼저 몸을 피하겠습니다. 그러나 지존께서도 곧바로 뒤따라오십시오. 그렇지 않으면 모두 데리고 나와 저놈들과 사생결단을 벌이겠습니다!"

어깨를 축 늘어뜨리면서도 협박에 협박으로 대응하는 그들.

묵자후는 피식 웃으며 고개를 끄덕였다.

"알았어. 금방 뒤따라갈 테니 얼른 들어가."

혈우검마 등이 결국 안으로 들어가자 묵자후는 서둘러 진을 폐쇄하려 했다. 아니, 좀 더 정확히 말하면, 혈우검마 등이 들어갈 수 있게 만들어둔 방위를 차단하고 전체 진을 발동하려 했다. 그런데 한 사람이 그 앞을 막아섰다.

은혜연이었다.

은혜연은 능선 아래를 보며 천지가 빙빙 도는 기분이었다.

그렇게 아니길 기도했는데, 아무 소용도 없었다.

그가 저 아래에서 살겁을 휘두르고 있다.

피에 젖은 얼굴로, 생명을 앗아가는 검으로 사방을 누비고 있다.

'결국… 그는 마인이었구나…….'

하늘이 원망스러웠다.

다행히 그 여자아이는 보이지 않았지만 이 상황에서 그 아이가 있으나 없으나 무슨 차이가 있을까.

은혜연은 눈물이 흘러나오려는 걸 간신히 참았다.

이를 악물고 장내 상황을 주시하다가 천천히 걸음을 옮겼다.

몇 사람이 앞을 막아왔다.

아수라 가면을 쓴 마인들이었다.

그들이 자신을 핥듯이 바라보며 괴이한 미소를 짓고 있었다. 그중 몇 사람은 침을 질질 흘리며 검을 날리기도 했다.

가슴과 허벅지 안쪽…….

'수치도 모르는 작자들!'

은혜연은 얼음장 같은 표정으로 검을 내리그었다.

아수라 가면이 쪼개지고 그들이 털썩털썩 쓰러졌다.

다시 걸음을 내딛자 더 많은 가면들이 몰려왔다.

또다시 검을 내리그었다.

더 많은 가면이 쪼개지고 더 많은 사람이 쓰러졌다.

은혜연은 계속 걸었다.

내키지 않는 발길이었지만, 멈출 수 없는 걸음이었다.

그렇게 몇 발자국 걷자 어느새 그 앞에 도착했다. 애초에 그와의 거리는 백 장도 넘었는데 몇 걸음 만에 그와 마주 보게 된 것이다.

등 뒤에서 경악에 찬 표정으로 바라보는 시선들이 느껴졌다. 그러나 아무 관심도 가지 않았다. 모든 신경이 그에게 집중되어 있었기 때문이다.

그가 자신을 보며 긴 한숨을 내쉬었다. 그리고 말했다.

"결국 이렇게 맞서게 되었구려……."

그의 목소리를 들으니 가슴 한곳이 와르르 무너져 내리는 기분이 들었다. 그러나 은혜연은 이를 악물며 검을 세워 들었다.

그의 목젖을 향한 날 선 검극.

그는 피하지 않고 묵묵히 자신을 바라보고 있었다.

은혜연은 파르르 눈을 떨며 말했다.

"당신이… 환마이고 전왕이고 도마라는 게 사실인가요?"

"사실이오."

덤덤한 대답에 은혜연은 잠시 눈을 감았다가 다시 입술을 깨물었다.

"그럼… 당신이 현오 진인을 폐인으로 만들었고 공동파 사람들을 죽였으며, 오늘의 혈겁을 자행한 마인들의 우두머린가요?"

묵자후는 피식 웃으며 대답했다.

"내가 저번에도 말했지만, 그대는 남의 일에 신경 쓰기보다 의가부터 먼저 찾아가 보셔야 하오. 그리고 오늘 일은 그대가 상관할 일이 아니오."

그 말과 함께 무심히 등을 돌려 진을 발동시키려 하는 묵자후.

은혜연은 그 모습을 보고 마음에 상처를 받은 듯 부르르 몸을 떨었다. 동시에 그녀의 전신에서 노을빛 후광이 뻗어 나오고 환영처럼 천 개의 손이 나타났다. 그 손이 찬란한 빛을 발하며 서서히 회전하려는 찰나,

"네 이놈! 검후께서 질문을 하시는데 감히 무슨 수작을 부리려는 것이냐?"

갑자기 한 사람이 끼어들었다.

멀리서 두 사람을 주시하고 있던 소림신룡 장화린이었다.

그가 질투 어린 눈으로 소리치자 회전을 일으키려고 하던 천 개의 손이 사라지고 노을빛 후광마저 사라졌다. 그리고 서늘하게 가라앉은 은혜연의 눈매가 장화린을 향했다.

"장 소협, 죄송하지만 당신이 신경 쓸 일이 아니에요."

딱딱한 목소리로 은혜연은 파리를 쫓듯 가볍게 손을 움직였다.

퍼퍼펑!

"어이쿠!"

소림신룡이 무형의 경력에 휘말려 한 방에 나가떨어졌다.

그런데도 묵자후는 뒤도 돌아보지 않았다.

태연히 격공섭물의 수법으로 근처에 있는 바위를 끌어당겼다. 진을 완전히 폐쇄하기 위해서였다.

은혜연은 그 모습을 보고 다시 검을 세워 들었다. 그리고는 기검(奇劍)의 극(極)이라 불리는 마라백팔검형보다 더 무서운 쾌검의 극, 전광제석참(電光帝釋斬)을 펼치기 위해 손을 쓰려는 찰나, 귓전으로 묵자후의 음성이 들려왔다.

"그대가 말한 마인들의 우두머리, 별로 좋은 표현이 아니오. 그리고……!"

묵자후가 천천히 등을 돌리며 말했다.

"강호에는 그대가 알지 못하는 은원 관계가 무척 많소. 그러니 무턱대고 남의 말을 따르기보다는 전후 사정부터 파악하고 난 뒤에 움직여 줬으면 좋겠소. 그리고 마지막으로 하는 말이지만, 더 늦기 전에 의가에 들러보도록 하시오."

그 말을 끝으로 진을 발동하려 했다. 그런데 은혜연이 잠깐만요, 하고 묵자후를 멈춰 세웠다.

은혜연이 흔들리는 눈빛으로 말했다.

"북망산 무덤마다 사연없는 무덤 없대요. 그러니 부디 환경만 탓하지 말고 주위를 두루 살피며 인정을 베푸시길 바라요. 그렇지 않으면 하늘이 용서하지 않으실 거예요."

그 말을 끝으로 이번에는 은혜연이 돌아섰다.

온몸에 힘이 빠진 듯 맥없이 걷던 그녀가 중간에 걸음을 멈추더니 한탄하듯 하늘을 바라봤다. 그러자 천수여의검이 그녀의 손을 벗어나 환한 광채를 발하며 허공을 가로지르기 시작했다.

'이, 이기어검……!'

'그것도 수어검(手馭劍)도, 목어검(目馭劍)도 아닌 심어검(心馭劍)?'

장내에 있던 이들은 허공을 떠다니며 뭔가 글자를 새기는 천수여의검과 슬픈 눈으로 그 검을 바라보는 은혜연을 보고 저마다 벌린 입을 다물지 못했다.

검강, 검환, 검막보다 더 어려운, 검을 든 사람들이 무덤에서도 갈망한다는 이기어검이 은혜연의 손을 통해 너무도 자연스럽게 펼쳐지고 있었던 것이다. 그것도 손으로 다스리는 것도, 눈으로 다스리는 것도 아닌 마음으로 다루는 경지. 심즉검(心卽劒)이라 불리는 궁극의 어검술(馭劒術)을 펼치고 있었던 것이다.

묵자후 역시 놀란 표정으로 은혜연과 천수여의검을 바라봤다. 그리고 허공에 새겨진 글자를 보고 잠시 안색을 굳히더니 천천히 진법 안으로 사라져 갔다.

묵자후가 떠나고 나자 은혜연은 정수 사태 품에 안겨 털썩 쓰러졌다.

군웅들은 멍하니 은혜연을 바라보다가 홀린 듯 허공에 새겨진 글귀를 바라봤다.

제행무상(諸行無常), 만법귀일(萬法歸一).

천망회회(天網恢恢), 소이불실(疏以不失).

세상의 모든 일은 인(因)과 연(緣)에 의해 이루어지지만, 그것은 항상 생겨나고 변하고 소멸하는 것이니, 깨달음이 극에 이르면 모든 법이 하나로 귀결된다는 것을 알 수 있을 것이다.

하늘의 그물은 너무 커서 엉성한 듯 보이지만, 잘못된 것은 하나라도 놓치지 않으니 항상 천도(天道)를 두려워하라.

어둠 속에서 환하게 빛나는 열여섯 자의 글귀가 중인들의 가슴에 많은 화두를 안겨주었다.

정수 사태라고 다를 리 없었다.

그녀 역시 다른 이들과 마찬가지로 멍하니 그 글귀를 바라보다가 홀연 긴 탄식성을 발하며 은혜연을 안고 장내를 떠나갔다.

아직 자신의 수행이 은혜연에게도 미치지 못한다는 사실을 깨닫고, 부질없는 속세의 일에 관여하기보다는 마음의 때를 벗기기 위해 사문으로 되돌아가려는 것이었다.

정수 사태와 은혜연이 떠나고 난 뒤, 장내엔 한참 침묵이 흘렀다.

다들 은혜연이 남긴 글귀를 보고 상념에 잠겨 있거나 서로 눈치를 보고 있었기 때문이다. 그러다가 허공에 새겨진 글귀가 사라지고 캄캄한 어둠이 내려앉자 다시 혈풍이 휘몰아쳤다.

묵자후와 은혜연의 무위에 긴장하고 있던 염왕단이 어둠을 틈타 곧바로 정파를 공격한 때문이었다.

그때부터 사방에서 비명이 흘러나오고 피와 살이 튀는 격전이 벌어졌다.

염왕단은 어둠 속에서 무서운 힘을 발휘했다.

특히 밀밀승과 흡혈승, 황금승 등 초절정을 넘어선 호존승들이 합세하자 정파 무인들은 속절없이 쓰러져 갔다.

그나마 소요선옹과 광혜 대사, 정석 도장 등의 고수들이 문하 제자들과 함께 검진을 형성하고, 전체 인원수에서 정파 쪽이 압도적으로 우세했기에 간신히 백중지세를 유지할 수 있었다.

그러나 염왕단이 한 사람 쓰러지는 동안 정파 무인들 대여섯 명이 나가떨어졌으니 시간이 갈수록 상황은 정파 쪽이 불리해져 갔다.

광혜 대사는 차츰 늘어나는 희생자를 보며 속으로 탄식을 터뜨렸다.

이럴 줄 알았다면 소림나한십팔승을 모두 데려올 걸 그랬다. 아니, 묵자후 일행의 유인 작전에 넘어가지 말고 차근차근 포위망을 좁힐 걸 그랬다. 아니, 아니다. 애초에 영웅성이 합류할 때까지 움직이지 말고 단결봉 주위에서 기다리고 있을 걸 그랬다.

그러나 후회는 아무리 빨라도 늦는 법.

희뿌연 새벽이 밝아올 무렵, 정파 무인들 중 살아남은 사람은 팔구백 명에 불과했다. 반면 염왕단은 삼백여 명 가까이 살아남았고, 호존승들이 한 사람도 다치지 않았으니 한숨이 절로 나왔다.

'지금이라도 늦지 않았으니, 제발 영웅성이여! 이곳으로 달려와다오! 너희가 정말 강호를 생각한다면 지금이라도 합

류해다오, 제발!'

광혜 대사가 피로에 지친 얼굴로 먼 하늘을 보며 간절히 기원하고 있을 때, 기적처럼 와! 하는 함성이 들려왔다.

"오! 개방, 개방이 왔다!"

"역시 개방이야! 의(義)와 협(俠)을 제일로 여기는 천 년 개방이야! 와하하하!"

살아남은 정파 무인들은 뛸 듯이 기뻐했다. 이곳에도 개방도가 있긴 했지만 저 불그스름한 태양을 등지고 나타난 이들은 적면주개가 이끄는 총타 소속의 개방도였다.

각자의 무위가 일류급에 이른 자들이었으니 지금 상황에 무척 큰 도움이 되리라. 더구나 저들을 인솔하는 적면주개는 영웅성과의 연락을 맡고 있었으니 영웅성도 곧 뒤따라올 터.

모두의 얼굴에 새로운 희망이 솟았다.

그러나 적면주개의 얼굴은 심각하게 굳어 있었다.

눈앞에 펼쳐진 참경을 보니 어젯밤에 나눈 대화가 귓가에 아른거렸다.

오판

魔道天下

"미안하오, 봉 장로."

그가 말했다.

"우리도 속히 구대문파와 합류하고 싶소. 그러나……."

잠시 뜸을 들이던 그가 술잔을 비우며 전혀 미안해하지 않는 표정으로 말했다.

"지금 환만지 뭔지 하는 놈도 문제지만, 그보다 더 큰 문제가 있다오. 바로 강호의 골칫거리인 흑마련 놈들이지."

적면주개는 조금 황당한 기분이 들었다.

"흑마련이 대단해도 어찌 십대마인의 후인과 비교할 수 있겠습니까?"

떨떠름한 표정으로 반문했지만 곧바로 무시당했다.

"그건 봉 장로가 잘 모르고 하는 이야기지. 십대마인이라고 해봤자 이미 죽거나 실종된 인물들. 그 후인이 나타나 봤자 할 수 있는 일이라고는 거의 없소. 지난 이십 년 동안 정파천하를 유지해 왔기에 그 떨거지들이 모여봤자 거기서 거기지. 하지만 흑마련은 다르오. 어마어마한 뒷배를 가지고 있거든."

공대도 하대도 아닌 어정쩡한 말투.

거만하게 내려다보는 듯한 눈빛.

적면주개는 무척 불쾌했지만 억지로 참을 수밖에 없었다.

그에겐 그럴 만한 자격이 있었으니.

"어마어마한… 뒷배라니요?"

조심스럽게 묻자 그가 귀를 후비던 손가락에 입김을 훅 불며 건성으로 대답한다.

"그걸 내 입으로 이야기하기는 그렇고, 귀 방의 방주가 소상히 알고 있으니 그에게 물어보도록. 아무튼, 우리가 지원을 늦추려는 이유가 바로 그 때문이오."

갈수록 오리무중이라더니, 이야기를 나눌수록 짜증이 났다. 그러다 보니 적면주개의 목소리에 점점 감정이 실리기 시작했다.

"그 때문이라니요?"

"예전과 상황이 많이 달라졌으니 작은 일보다는 전체 판세에 집중할 수밖에 없다는 이야기지."

기가 막혔다.

고작 이 대답을 듣고자 여기까지 달려왔단 말인가?

적면주개는 분노를 주체하지 못해 눈을 부라리며 말했다.

"전체 판세라니? 도대체 무슨 말씀을 하시는지 하나도 못 알아듣겠습니다. 제가 요청한 건 애초의 약속을 지켜달라는 것뿐! 그런데 뜬구름 잡는 소리로 합류를 미루시니 저더러 어쩌라는 말입니까?"

"어쩌긴 뭘 어째? 잠자코 조금 더 기다리라는 말이지."

싸늘한 그의 대답에 적면주개의 얼굴이 급격히 달아올랐다.

"기다리면? 여기서 기다리고 있으면 모든 문제가 해결됩니까? 그리고! 우리가 가지 않으면 단결봉에 가 있는 사람들은 어쩌란 말입니까!"

화가 나서 소리쳤지만 그는 얄미울 정도로 냉정했다.

"그들이 어찌 되든 내 알 바 아니고… 중요한 건 환마라는 애송이와 그 떨거지들, 흑마련과 그놈들이 만들었다는 강시들, 그리고 괴이한 술법과 초절한 능력을 가진 괴승들. 그 모두의 움직임을 파악하고 난 뒤에야 이번 작전을 개시할 수 있다는 말이지."

"이런 미친!"

급기야 적면주개가 자리에서 벌떡 일어났다.

"이러려고 우리와 합작하셨소? 구대문파를 화살받이로 내몰고 뒤꽁무니에 앉아서 그놈의 전체 판세를 알아보기 위해 우리와 합작하신 거냔 말이외다!"

적면주개는 너무 흥분하여 자기도 모르게 삿대질을 해댔다. 그러다가 그의 눈빛이 착 가라앉는 걸 보고 아차, 하는 기분이 들어 퍼뜩 뒤로 물러났다.

아니나 다를까!

슷!

눈앞에 하얀 빛이 번쩍이고 온몸에 소름이 돋았다.

심장 어림에서 느껴지는 서늘한 한기.

어느새 가슴 앞쪽이 동전만 한 구멍이 뚫려 찬바람이 드나들고 있었다. 적면주개는 사색이 되어 급히 고개를 숙였다.

"도왕 선배, 죄송하오. 제 말이 너무 지나쳤소이다."

그랬다. 그는 도왕이었다.

당금 강호에서 그 적수를 찾아보기 힘들다는 세 사람. 고왕 종리협, 창왕 이군영과 함께 영웅성을 주름잡는 도왕 북리곤이 바로 눈앞에 앉아 있는 강퍅한 인상의 노인이었다.

그의 손에 황금빛 법봉(法棒)이 쥐어지면 영웅성의 죄인들이 모두 공포에 떨고, 그의 손에 두 자 반 길이의 구환도(九環刀)가 쥐어지면 천하의 뇌존이라도 은근히 경계의 눈빛을 보낸다는, 영웅성의 집법 총책임자이자 강호를 떨쳐 울리는 전설적인 고수가 바로 그였던 것이다.

게다가 그는 현 개방 방주인 철심협개(鐵心俠丐) 고태독(高太篤)의 둘도 없는 친구였으니 그를 대하는 적면주개의 태도도 조심스러울 수밖에 없었다.

심장 어림에 칼을 맞고도 오히려 고개를 숙이는 적면주개.

도왕 북리곤은 냉소를 흘리며 천천히 도를 거뒀다.

"봉 장로, 내가 그대 마음을 왜 모르겠나? 하지만 이번 일은 귀 방의 방주와도 협의를 거친 사안. 더구나 놈들을 모두 끌어낼 때까지는 절대 움직이지 말라는 성주님의 명이 있었으니 내 마음대로 출전을 결정할 수 없네. 다소 불만이 있더라도 조금만 더 인내해 주기를 바라네."

그 말을 끝으로 자리를 휙 떠나 버리는 도왕.

적면주개는 참담한 표정으로 한숨을 내쉬었다.

"아무리 속사정이 있어도 그렇지, 구대문파를 미끼로 사용하다니. 우리가 무슨 장기판의 졸도 아니고, 정말 해도 해도 너무 하시는구려……."

도왕이 앉아 있던 빈자리를 보며 혼잣말을 중얼거리는 적면주개.

오늘따라 영웅성과 손잡은 방주가 너무 원망스럽게 느껴졌다.

"쯧쯧, 결국 떠나 버렸다고?"

도왕 북리곤은 수하의 보고를 받고 한심하다는 듯 혀를

찼다.

"작은 수모도 참지 못하고 제 기분에 따라 떠나 버리다니. 저렇게 대국도 볼 줄 모르는 자가 어떻게 장로가 됐는지 원……."

투덜거리며 수하를 내보낸 도왕은 능청스런 얼굴로 옆 사람을 돌아봤다.

"이거 미안하게 됐소이다, 전주. 그를 조금 나무라긴 했지만 설마하니 휘하들을 데리고 몽땅 떠나 버릴 줄은 몰랐소. 타초경사(打草驚蛇)에 반간고육계(反間苦肉計)*가 가미된 차도살인지계(借刀殺人之計)*였는데, 쩝……."

전혀 미안하지 않은 얼굴로 미안하다고 말하는 도왕.

그 뻔뻔한 얼굴을 보며 천화신검 장무욱은 말없이 찻잔만 만지작거렸다.

'타초경사에 반간고육계, 거기다 차도살인지계라……. 결국 사부님께선 구대문파와 등을 돌리고 강호 패권을 추구하실 모양이구나…….'

풀을 건드려 뱀을 놀라게 하듯, 구대문파를 앞세워 흑마련을 당황하게 만들었다. 그리고 구대문파와 마인들 쪽에 첩자를 심어 상황을 영웅성이 원하는 쪽으로 흘러가게 만들었다.

비록 도왕이 속이 빤히 들여다보이는 얼굴로 미안하다며

---

* 반간고육계(反間苦肉計):상대 첩자로 상대를 혼란케 만들고, 일부러 우리 편을 조금 희생시킴.
* 차도살인지계(借刀殺人之計):남의 칼로 상대를 죽이게 만듦.

너스레를 떨고 있지만, 이미 차도살인지계는 어느 정도 진행되고 있으리라. 벌써 먼 하늘에 구대문파의 비상 신호로 보이는 불꽃이 피어오르고 있었으니…….

'아무튼, 문제는 묵자후라는 놈과 마승들이야……!'

그들만 처치할 수 있다면 이번 싸움은 의외로 싱겁게 끝나리라.

하지만 도왕은 조금 다른 견해를 갖고 있는 모양이었다.

"문제는 강시들이오. 강시들만 끼어들지 않으면 이번 싸움은 간단히 끝낼 수 있소."

그는 묵자후와 마승들은 안중에도 두지 않고 있었다. 특히 묵자후에 대해서는 아예 젖비린내 나는 애송이로 취급하고 있었다.

"예전부터 쭉 지켜봐 왔지만 마승들은 독특한 놈들이오. 뭐랄까, 물 위에 떠 있는 기름 같은 존재랄까? 흑마련에 속해 있는 것 같으면서도 따로 움직일 때가 많았소. 그래서 변수는 될 수 있을지 몰라도 승부를 결정지을 만한 핵심 요소는 아니라고 생각하오. 환만지, 전왕인지, 도만지 하는 놈은 아예 그 변수에도 속하지 못하지. 전주께서도 아시다시피 내 별호가 무엇이오? 도법에 관한한 천하제일인인 도왕이 아니오? 내 자랑 같지만, 순수한 도법으로만 겨룬다면 뇌존께서도 나를 만만히 보지 못하실 것이오. 그런데 고작 도마라 불리는 애송이쯤이야……."

장무욱은 그 말에 무척 기분이 나빴다. 그가 애송이라면 그에게 진 자신은 뭐란 말인가?

'속이 쓰리긴 하지만 굳이 따질 필요도 없는 일이다. 나중에 그와 마주쳐 보면 알게 될 테니……. 그러나 도왕 선배와 부딪치기 전에 내가 먼저 그를 꺾고 싶다!'

갑자기 결의가 치솟은 때문일까?

장무욱의 손에 아지랑이 같은 기운이 넘실거렸다.

얼핏 보면 찻잔 속에서 김이 흘러나오는 것 같았지만 아니었다. 언제든지 파괴적인 힘으로 바뀔 수 있는 강기. 실체를 가진 정기신(精氣神)의 결정체였다.

'설마하니… 이기생형?'

도왕은 자기도 모르게 눈썹을 꿈틀거렸다.

비록 강호인들에게 천화신검이라고 떠받듦을 받는 장무욱이었지만, 그가 보기엔 아직 한참 더 배워야 하는 후배에 불과했다. 그런데 벌써 마음이 일면 뜻이 움직이는 이기생형의 경지에 이르렀다니!

'내가 저 경지에 도달한 게 불과 삼 년 전인데, 으음…….'

보아하니 최근에 겪은 고난이 그에게 도움이 된 모양이다.

'하긴 나도 뇌존에게 지고 난 뒤에 비약적인 성취를 이루었지…….'

어쨌든 잘된 일이다.

자신을 비롯한 삼왕을 뛰어넘는 제자가 없어 뇌존이 후계자 지명을 못하고 있다고 들었는데, 천화신검의 성취를 보니 이제 그에게 후계자 자리를 넘겨줘도 될 것 같았다.

'청출어람(靑出於藍)이 청어람(靑於藍)이요, 장강후랑추전랑(長江後浪推前浪)*이라더니, 앞으로 몇 년 후에는 정말 젊은 사람들 세상이 되겠구나!'

나이 든 사람은 뒤로 물러나고 젊은 사람이 시대를 이끌어 나가는 것. 그게 인생사의 당연한 이치겠지만 도왕은 왠지 씁쓸한 기분이 들었다.

아직 자신은 일할 의욕이 넘치는데, 마음만은 아직 청춘이라고 생각하는데 나이에 밀려 뒷방 늙은이 신세가 되어야 한다고 생각하니 까닭 모를 허전함이 밀려왔다.

그러나 어쩌겠는가.

마음과 달리 육신은 점점 노쇠해져 가는 걸…….

"아무튼!"

도왕은 우울한 기분을 털어버리기 위해 찻잔을 단숨에 들이마셨다.

"구대문파가 놈들의 발목을 붙잡고 있을 때 빨리 유 공자에게서 소식이 와야 하는데 이상하구려. 추혼사신대 전체를 데려갔으니 지금쯤 소식이 올 때가 됐는데 왜 연락이 없는지……."

---

* 청출어람청어람(靑出於藍靑於藍), 장강후랑추전랑(長江後浪推前浪):쪽빛에서 난 푸른빛이 쪽빛보다 더 푸르고, 장강의 앞 물결은 뒷 물결에 밀려나기 마련이라는 뜻.

현재, 구대문파의 거듭된 요청에도 불구하고 백의전이 움직이지 않고 있는 이유는 매우 복잡다단했다.

앞서 도왕이 말했듯이, 옛 철마성 출신의 마인들만 상대하려 했다면 벌써 출동을 명했을 것이다. 그러나 그들만이 아닌, 황실과 연관을 맺고 있는 흑마련과 마승들, 그리고 느닷없이 나타난 강시들이 동시에 기련산 쪽으로 모이고 있었으니 골치가 아팠다.

그 와중에 그들 모두와 기이한 연결 고리를 갖고 있는 듯한 흑오가 성을 빠져나갔기에 우선 차도살인지계로 시간을 벌고, 운룡검 유소기로 하여금 그녀를 미행해 묵자후를 처치하게 한 뒤, 추혼사신대와 합류해 나머지 마인들을 소탕하려고 출동을 미루고 있었던 것이다.

그런데 그 핵심 역할을 맡은 운룡검 유소기에게서 연락이 없으니 도통 움직일 방법이 없다.

추혼사신대 삼백 명이면 거의 백의전 전력 절반과 맞먹는데 왜 아직도 소식이 없는 것일까?

"아무래도 일이 꼬인 것 같구려. 그들이 출발한 지 열흘도 넘는데 아직도 소식이 없다는 말은……."

도왕이 걱정스런 얼굴로 중얼거릴 때였다.

"전주님! 의외의 상황이 발생했습니다! 저 뒤에서 누군가가 접근하고 있습니다! 무서운 속도입니다!"

갑자기 웅풍당 부당주가 뛰어들어 오며 말했다.

두 사람은 튕기듯 자리에서 일어났다.

'설마 그가?'

'혹시 유 공자가?'

두 사람은 누가 먼저랄 것도 없이 밖으로 달려나갔다.

예상은 완전히 빗나갔다.

웅풍당 부당주가 말한 사람은 천화신검 장무욱이 예상한 묵자후도, 도왕 북리곤이 예상한 생각한 유소기도 아니었다.

수하들이 바짝 긴장해 있는 가운데 저 뒤에서 아스라한 비명 소리가 들려오고 있었다.

삐익, 삐익!

"적이다!"

"모두 전투 준비!"

사방에서 호각 소리가 들려오고 찢어지는 듯한 고함 소리가 들려왔다. 동시에 비명 소리가 점점 가까이 다가오고 있었고, 각 당주들이 급히 전투 진형을 명령하고 있었다.

"어떤 놈들이 감히?"

두 사람은 인상을 쓰며 동시에 몸을 날렸다.

"이런!"

"저게 뭐야?"

급히 현장에 도착해 보니 적은 다섯 명 정도밖에 되지 않았다. 그러나 하나같이 무서운 고수들이었다. 그들이 손을 번뜩일 때마다 수하들이 추풍낙엽처럼 쓰러져 갔다.

하지만 문제는 그들이 아니었다.

"저, 저게 뭔가?"

도왕이 눈을 부릅떴다.

"강시! 강시들입니다!"

장무욱이 뒤따라 눈을 부릅떴다.

두 사람은 예상치 못한 상황에 놀라 한동안 몸을 움직이지 못했다.

"캬오오!"

흑오는 눈에 불을 켜고 움직였다.

어서 그에게 달려가야 하는데, 그에게 가기 위해서는 이 길을 지나야 하는데 저들이 앞을 막고 있어 화가 났다.

더구나 신선 같은 할아버지가 말했다.

"저놈들은 개만도 못한 놈들이다! 저놈들 때문에 우리가 짐승처럼 살아야 했지!"

그러면서 신선 같은 할아버지가 불같이 화를 냈다.

곰보 할아버지와 돼지 할아버지도 씩씩거리며 화를 냈다.

흑오도 자연히 화가 났다.

가뜩이나 길이 막혀 심술이 나 있는데 할아버지들이 화를 내니 덩달아 화가 났다.

특히 할아버지들이 저들을 공격하며 철천지원수라고 하니 더 화가 났다.

옛날에 엄마도 배불뚝이 중과 나쁜 도사를 보며 철천지원수라고 했다.

철천지원수는 흑오가 아는 한, 세상에서 가장 나쁜 사람들이다. 그런데 할아버지들이 저들에게 철전지원수라고 했으니 그에게도 철천지원수일 것이다.

'그렇다면 나한테도 철천지원수닷!'

그때부터 흑오는 눈에 불을 켜고 백의전 무인들을 공격했다.

흑오가 백의전 무인들을 향해 살수를 펼치자 광마도 덩달아 살수를 펼치기 시작했다.

"누나의 적은 나의 적! 누나가 싫어하는 사람은 나도 싫어. 그러니까 모두 죽어라! 크크크!"

단순하기 짝이 없는 광마는 괴소를 터뜨리며 백의전 무인들을 향해 마구잡이로 태양부를 휘둘렀다.

"캬오오!"

"크르르!"

강시들은 사고 기능이 마비된 시체들이다.

생각하는 기능이 마비된 그들이다 보니 행동에도 특별한 이유가 있을 리 없다.

그저 시술자에게 명령받은 대로 움직이거나 본능적으로 움직일 뿐, 추호의 망설임도 없다.

지금도 마찬가지다.

그들은 본능적으로 움직일 뿐이었다.

그들과 마음이 연결되어 있는 흑오가 손을 쓰면 함께 손을 쓰고 흑오가 손을 멈추면 함께 멈추고, 흑오가 사방을 둘러보면 함께 사방을 둘러봤다. 그런 행동은 장내에 엄청난 충격과 공포를 안겨주었다.

"으아아! 제발 좀 죽어라, 이 괴물아!"

"으으, 소용없어! 어떤 공격도 통하지 않아. 으아아악!"

검도 통하지 않고 창도 통하지 않는 괴물들.

팔이 잘려 나가고 심장이 뚫려 나가도 기계처럼 다가오는 죽음의 사신들.

그들이 무감정한 얼굴로 살수를 펼치자 백의전 무인들은 혼비백산, 오금을 덜덜 떨며 우왕좌왕했다.

급기야 누군가가 비명처럼 소리쳤다.

"후퇴! 모두 후퇴해!"

"뒤로 물러나서 땅을 파거나 화탄을 터뜨려! 안 그러면 막을 방법이 없어!"

누가 먼저 소리쳤는지 모른다. 아니, 누가 먼저 소리쳤는지는 중요하지 않다. 중요한 건 일단 그들에게서 벗어나야 한다는 것. 그리고 다른 방법을 이용해 그들을 막아야 한다는 것.

그러나 백의전 무인들을 공격하는 건 추혼백팔사자만이 아니었다.

하얀 수염을 휘날리며 죽음의 손길을 선사하는 음풍마제도 있고, 뱀 같은 눈으로 상대를 홀리며 목줄을 뜯어내는 무풍수라도 있었다. 뿐인가? 사악한 돼지 머리로 상대의 얼굴을 들이박거나 철 기둥 같은 다리로 하초를 터뜨려 버리는 흡혈시마도 있었다. 거기다 솥뚜껑 같은 도끼를 휘두르며 광소를 터뜨리는 광마와 광마의 보호를 받으며 두 자루 비도를 휘두르는 흑오도 있었다.

그들이 추혼백팔사자와 함께 장내를 휩쓸자 백의전이 자랑하는 수비진, 백화집검수호진(百花集劒守護陣)이 엉망이 되어버렸다.

"이이익!"

천화신검 장무욱은 분노에 몸을 떨었다.

묵자후와 싸우기 전까지만 해도 연전연승을 자랑하던 백의전이었다. 더구나 이곳에는 긴급 사안이 아니면 출동하지 않던 웅풍당(雄風堂)과 호기당(豪氣堂), 숭무당(崇武堂) 등 백의전의 모든 전력이 총집결해 있는 상황이다. 그런데 고작 다섯 명의 불청객과 백여 명의 강시에게 밀려 정신을 못 차리고 있다니.

도저히 용납할 수 없었다.

마음 같아서는 당장 장내에 뛰어들어 후퇴 명령을 내린 수하의 목을 베고 놈들과 사생결단을 벌이고 싶었다.

'그러나 참아야 한다!'

우선 수하들이 왜 밀리고 있는지 그 원인부터 파악해야 한다. 그게 우두머리 된 자의 기본적인 책무다.

장무욱은 활화산 같은 눈길로 장내를 살펴봤다.

얼마 지나지 않아 그는 수하들이 밀리게 된 원인을 파악할 수 있었다.

장무욱은 천둥 같은 목소리로 말했다.

"의혈당, 비마당은 모두 저 계집을 잡아! 저 계집이 바로 강시들을 움직이는 술법사야! 숭무당은 그 계집 옆에 있는 거한을 제압하고 웅풍당과 호기당은 이선(二線)에서 함정을 파고 화탄을 준비해! 나와 각 당주는 저 늙은이들을 친다!"

그 말이 끝나기 무섭게 장무욱이 신형을 날렸다. 각 당주들이 그 뒤를 따랐고 수하들이 명에 따라 다시 진형을 갖추기 시작했다.

도왕은 흐뭇한 표정으로 고개를 끄덕였다.

"정확한 판단! 다들 할 일이 정해졌으니 나는 저 괴물들과 손장난이나 벌여볼까?"

도왕은 천천히 걸음을 내디뎠다.

어슬렁거리듯 걷는 걸음이었지만 순식간에 강시들 앞에 이르렀다.

도왕처럼 초절정을 뛰어넘은 고수들은 강시들을 두려워하지 않는다. 아니, 두려워하기는커녕 초보 무인 때 수련용으로 쓰던 목인형을 대하듯 가볍게 상대할 수 있다.

깡!

"이런! 공력을 좀 더 높여야 되겠군!"

물론, 목인형을 상대할 때보다 공력을 좀 더 많이 쓰고 움직임 또한 몇 배로 빨리해야 한다는 불편함만 감수하면 크게 어려울 것 없는 싸움이다. 사람이든, 강시든 모든 것을 초토화시켜 버리는 도환에는 당할 수 없는 법이니.

하지만 도왕은 계속 강시들과 손장난만 벌이고 있을 순 없었다.

"후후후, 구환염왕도(九環閻王刀) 북리곤. 오랜만이군, 아주 오랜만이야!"

한 사람이 스산한 살기를 뿌리며 그에게 다가오고 있었기 때문이다.

"음? 누가 내 옛 별호를?"

도왕은 처음엔 무심히 고개를 돌렸다.

창왕 이군영이 철혈무적창이라고 불리듯 그 역시 옛날에는 구환염왕도라 불렸었다. 그런 자신의 별호를 누가 기억하고 있나 싶어 오히려 반가운 기분마저 들었다.

그러나 점점 거리를 좁혀오는 노인의 얼굴을 정면으로 보게 되는 순간, 도왕은 눈이 툭 튀어나올 정도로 놀랐다.

"서, 설마 당신……?"

처음엔 두 눈을 의심했다.

이미 죽은 사람이라고 알려지기도 했지만, 그의 몰골이 너무 형편없이 변해 버렸기 때문이다. 하지만 그의 전신에서 흘러나오는 음유한 기도와 그의 입가에 어린 미소, 그리고 그의 두 눈에 어린 잔혹한 광채를 목격하는 순간, 꿈에 나타날까 두려운 옛 기억이 떠올랐다.

"으, 음풍마제! 절대사신(絶代死神) 음풍마제!"

그랬다. 이십사 년 전, 혈영노조가 정파인들에게 불사마제라고 불렸듯이 음풍마제를 지칭하던 말은 절대사신이었다.

그의 잔인하고 파괴적인 손길에 정파답지 않은 독랄한 무공을 자랑하던 언가장이 거의 괴멸되다시피 무너졌다. 구대문파의 말석을 차지하고 있던 형산파 장문인이 그와 맞서다가 죽었고, 소림나한십팔승 중 세 명이 그의 손에 심장이 뜯겨 나갔다.

뿐인가?

당시 최강의 무위를 자랑하던 뇌존 휘하 삼십육천강 중 두 사람이 그를 합공하다가 시신도 온전히 남기지 못한 채 비명에 죽어갔다. 그러니 도왕 북리곤을 비롯한 영웅성 무인들이 가장 두려워했던 이가 바로 음풍마제였다. 역으로 무풍수라나 흡혈시마 같은 마인들이 가장 자랑스러워했던 이가 바로 음풍마제였다. 그는 늘 상대에게 죽음과 절망을 안겨주었으니.

천금마옥 시절, 음풍마제가 아무런 준비 없이 탈출하자고 이야기했을 때 대다수 마인들이 동조한 이유도 바로 그에 대한 신뢰가 있었기 때문이다.

이 외에도 음풍마제에 대한 일화를 이야기하려면 한도 끝도 없겠지만, 지금 도왕의 기억에 선명히 남아 있는 음풍마제의 마지막 모습은 철혈마제의 시신을 지키기 위해 아수라처럼 날뛰며 자신을 비롯한 삼십육천강과 혈전을 벌이던 장면이었다.

처절한 눈빛, 비통한 절규를 터뜨리며 동귀어진하듯 삼십육천강의 두 사람을 찢어 죽이던 그의 광기. 생사를 초월한 그의 정신력에, 집념에 기가 질렸었다.

그때처럼 소름이 돋는 오싹한 눈빛으로 그가 자신을 바라보고 있다.

"후후, 뭘 그렇게 두 눈 동그랗게 뜨고 있나? 이십 년 동안 네놈들을 갈아 마시기 위해 짐승처럼 살아왔다. 이제 그 한을 풀기 위해 손을 쓸 작정이니, 어디 수단껏 막아보도록 해라!"

그 말과 함께 음풍마제의 신형이 허깨비처럼 쭉 늘어났다.

장무욱은 순간적으로 당황했다.

휘하 당주들과 함께 세 노인을 처치하려고 포위망을 구축하는 순간, 눈 깜짝할 사이에 두 명의 당주가 쓰러졌다. 그에 놀라 검을 휘두르려는 찰나, 흉수인 흰 수염 노인이 사라져 버리고 또 한 명의 당주가 쓰러졌다. 그리고 기괴한 미소를 흘리며 앞을 막아서는 두 노인.

"클클클, 보아하니 네놈이 여기 우두머리인 것 같군. 어서 와라. 예쁘게 죽여주마!"

"흐흐, 형님, 예쁘게 죽여주다뇨? 지난 이십 년 동안 우리가 겪은 악몽을 고스란히 되돌려줘야죠!"

철판 긁는 듯한 목소리로 흉광을 번뜩이는 두 노인.

기괴했다.

한 사람은 팔이 없고 한 사람은 다리가 없었다.

그런데도 그들의 전신에서 막강한 살기가 뻗어 나와 주변 공기를 소용돌이치게 만들고 있었다.

저런 자들이 어디서 나타났단 말인가?

잔뜩 긴장하며 공력을 끌어올리는데 멀리서 도왕의 목소리가 들려왔다.

절대사신 음풍마제.

그 말을 듣는 순간 장무욱은 심장이 얼어붙는 기분이었다.

'그렇다면 이들은 천금마옥에 있던 마인들?'

경악스러웠다.

전혀 예상치 못했던 사태.

장무욱은 그제야 운룡검 유소기에게서 왜 연락이 오지 않았는지, 저 강시들을 움직이는 소녀의 정체가 무엇인지 깨달을 수 있었다.

"혹시 그대들이… 내 사제를 죽였소?"

장무욱은 떨리는 가슴을 진정시키려 애쓰며 물었다.

돌아온 대답은 허탈할 정도였다.

"네 사제? 혹시 쥐새끼처럼 복면을 쓰고 천금마옥에 쳐들어왔던 놈들 두목 말이냐? 흐흐, 조금 있다가 둘이 만날 수 있을 테니 걱정 마."

그 말과 함께 비대한 덩치의 노인이 공간을 단축해 온다.

흠칫 하여 중단세로 검을 겨누자 음험한 인상의 노인이 두 팔로 땅바닥을 후려치며 허공으로 날아오른다.

"차앗!"

기합성과 함께 유성우(流星雨)의 초식으로 허공을 가격하자, 비대한 덩치가 주저앉듯 자세를 낮추며 회전각으로 하체를 감아온다.

재빨리 자세를 띄워 벼락같은 검격으로 그의 다리를 베어버리려 하자 허공에서 찬바람이 밀려온다.

음험한 인상의 노인이 양손을 번갈아 후려치며 장력을 날려온 것이다.

장무욱은 풍차처럼 회전하며 아래, 위 두 사람 모두를 향해 검강을 발출했다. 동시에 검결지를 짚은 손가락으로 세 줄기 지풍을 날렸다.

"웃?"

"이놈 봐라?"

무풍수라와 흡혈시마는 검강을 피하다가 뻥 뚫려 버린 옷자락을 보고 멍한 표정을 지었다. 하마터면 심장과 허파에 바람 구멍이 뚫릴 뻔했기 때문이다.

"형님, 이놈은 좀 강한데요?"

"그러게. 방심했다간 우리가 당하겠어!"

두 사람이 심각한 표정으로 대화를 나누는 순간, 이번에는 장무욱이 먼저 몸을 날렸다.

"차아앗! 뇌력무형(雷力無形)!"

쩌렁쩌렁한 기합성과 함께 수평으로 휘두른 칼날.

그 검극에서 화염 같은 기운이 일어나 두 사람을 향해 쭉 뻗어갔다.

"이런!"

"어이쿠!"

두 사람은 혼비백산해 급히 바닥을 나뒹굴었다.

운룡검 유소기와는 비교할 수 없는 어마어마한 강기였기 때문이다.

장무욱의 공격은 그 한 번으로 끝나지 않았다.

"타아앗!"

이글거리는 눈빛으로 다시 검을 휘두르자 그의 검극에서 물방울 같은 기운이 맺히더니 폭우처럼 사방을 휩쓸어갔다.

"흡? 거, 검환?"

"맙소사! 피해!"

그러나 피할 틈이 없었다.

폭우처럼 망막을 가득 채워오는 검환을 어떻게 피할 수 있단 말인가?

물론 무풍수라는 방법이 있었다.

예전처럼 흡혈시마 등 뒤로 쏙 피해 버리면 되니.

그러나 흡혈시마는 방법이 없었다.

"이런 빌어먹을!"

이번에는 무풍수라를 욕할 틈도 없었다.

물방울 같은 검환이 날카로운 비수가 되어 온몸을 헤집으려 하고 있었으니.

"우와아아악!"

흡혈시마는 괴성을 터뜨리며 금강폭혈공을 운용했다. 젖먹던 힘까지 쥐어짜낸 십이성의 금강폭혈공이었다.

우두두둑!

흡혈시마의 전신이 철갑으로 변해가고 키가 팔 척에 이르는 찰나,

짜라라라락!

소나기 같은 검환이 흡혈시마를 덮쳤다.

철판을 뚫는 송곳처럼 강한 충격이 흡혈시마의 전신을 파고들었다.

"끄으으!"

흡혈시마는 이를 악물며 사지를 부들부들 떨었다.

온몸에 꿀을 바르고 말벌에게 쏘이면 이런 느낌일까?

머리에 쩍쩍 금이 가고 목에 구멍이 뚫리며 심장이 바스러

지고 무릎과 정강이가 산산이 으스러지는 듯한 통증이 엄습했다. 그러나 흡혈시마는 고통을 꾹 참으며 전면을 노려봤다. 그때 장무욱이 재차 검을 휘둘렀다.

"흡?"

흡혈시마는 심장이 툭 튀어나오는 기분이었다.

아직 검환의 공격도 끝나지 않았는데 연이은 공격이라니?

고오오!

대기를 반으로 가르며 수평으로 날아오는 검강.

눈앞이 캄캄했다.

이대로 달아날 수도 없고, 반격을 가하는 건 더더욱 불가능했다. 놈의 검강을 막기 위해 공력을 바꾸는 순간 검환이 온몸을 헤집어놓을 테니. 그래서 아득한 표정으로 장무욱만 노려보고 있는데,

쉬이익!

깜짝 놀랄 일이 벌어졌다. 양 옆구리 사이에서 두 줄기 장력이 발출됐다.

"오옷! 형님!"

무풍수라였다.

흡혈시마 뒤에 숨은 무풍수라가 절묘한 순간에 장력을 날린 것이었다.

퍼퍼퍼퍼펑!

검강과 장력이 부딪치자 고막이 터져 나갈 듯한 폭음이 흘

러나왔다.

"크윽!"

무풍수라는 충돌의 여파에 휘말려 뒤로 붕 날아갔다.

비록 검환을 발출한 직후에 펼친 검강이라 위력이 약했지만, 뇌존이 만든 뇌력무형검이었기에 양손이 무사한 것만 해도 천만다행이었다.

"으음……!"

장무욱도 무사하진 못했다.

무풍수라의 장력에 약간의 내상을 입은 듯 인상을 찌푸렸다. 하지만 그는 신형을 바로 세우며 재차 검격을 날리려 했다.

그런데,

"크흐흐!"

등 뒤에서 오싹한 괴성이 들려왔다.

깜짝 놀라 신형을 비트는 찰나,

부와아앙!

머리 위로 무시무시한 기운이 날아왔다.

광마였다.

숭무당 무인들에게 포위되어 있던 광마가 어느새 포위망을 뚫고 장무욱을 향해 거대한 도끼를 날리고 있었다.

'이런 실수가!'

두 사람과 싸우느라 주변을 살피지 못했던 게 실수였다.

장무욱은 내심 땅을 치며 급히 머리를 방어했다.

그러나,

콰지지직!

검이 산산조각으로 부서져 나가고 정수리에 아찔한 충격이 느껴졌다.

"아!"

"전주님!"

수하들의 고함 소리가 들려왔다.

장무욱은 씨익 웃으며 괜찮다는 신호를 보내려 했다. 하지만 시야가 붉게 변하고 천지가 빙빙 돌았다. 동시에 목 부근으로 섬뜩한 살기가 날아왔다.

"안 돼!"

"멈춰, 이 괴물아!"

비통한 목소리가 들려왔다.

웅풍당주와 호기당주였다.

그들이 몸을 날려 장무욱을 보호하려 했다.

하지만 그보다 더 빨리 움직인 사람이 있었다.

"이 자식! 누가 내 먹이에 손대라 그랬어?"

으르렁거리는 목소리로 장무욱 앞을 막아선 사람.

흡혈시마였다.

그가 자존심이 상한 표정으로 광마를 노려보고 있었다.

"……?"

광마는 조금 어이가 없었다.

한참 날파리 같은 놈들과 싸우다가 흑오의 염파를 받고 급히 그를 구하러 왔는데 인사를 받기는커녕 오히려 욕을 얻어먹다니?

광마는 신경질적으로 머리를 벅벅 긁다가 에라, 모르겠다 싶어 다시 도끼를 휘둘렀다.

그런데,

깡!

박 터지는 소리 대신 손목에 시큰한 통증이 느껴졌다.

돼지 같은 늙은이가 몸을 움직여 대신 도끼를 맞은 것이다.

"크읏! 이 돼지 같은 놈이?"

광마는 인상을 쓰며 다시 도끼를 날렸다.

까앙!

또 튕겨 나오는 도끼.

기가 막혔다.

'저놈 머리엔 쇳덩이가 들어 있나?'

잔뜩 인상을 찌푸리며 흡혈시마를 노려보던 광마.

갑자기 퉤! 하고 손바닥에 침을 뱉더니 전신 공력으로 도끼를 치켜들었다.

'헉? 저놈이?'

흡혈시마는 움찔 몸을 떨었다.

지금도 머리가 깨질 것 같이 아픈데 저 도끼날에 어린 이글거리는 강기라니.

"에라이! 경로 사상도 없는 놈! 네놈 마음대로 햇!"

그 말과 함께 옆으로 휙 물러나 버리는 흡혈시마.

"크르르! 저 늙은이가?"

광마는 바짝 약이 올랐다.

이때까지 앞을 가로막으며 귀찮게 굴다가 본격적으로 힘을 쓰려 하니 다람쥐처럼 도망가 버린다.

"좋다, 이 약삭빠른 늙은이. 내가 물러나 줄 테니 어디 죽든 살든 다시 싸워봐라!"

콧김을 씩씩 뿜으며 뒤로 물러나는 광마.

잠깐 고개를 갸웃거리더니 그것만으로는 부족하다고 생각했는지 한 손을 뻗어 장무욱의 명문혈에 진기를 불어넣어 준다.

"저, 저, 미친놈이? 어디 도와줄 놈이 없어 적을 도와준단 말이냐?"

흡혈시마가 펄쩍 뛰며 소리쳤지만 광마는 코대답도 하지 않았다. 어이없는 자존심 싸움에 적과 아군의 구분이 사라져 버린 것이었다.

'……'

장무욱은 참담했다.

'내가 이게 무슨 꼴이란 말인가?'

자신을 놓고 기 싸움을 벌이는 두 사람.

드디어 한 차원 높은 무공에 발을 디뎠다고 생각했는데, 한 달도 지나지 않아 적에게 목숨을 동정받는 처지라니.

우습고 처량했다.

그토록 지긋지긋한 한계의 벽을 깨뜨렸는데도 힘 한 번 써 보지 못하고 맥없이 제압당해 버렸다.

'도대체 저들은 얼마만한 고수란 말인가?'

마치 꿈을 꾼 듯 비현실적인 일이 벌어졌다.

검강을 우습게 피해 버리고 검환을 몸으로 막아내는 노인들.

그들만 해도 인세에 드문 고수들인데, 자신의 이목을 속이고 소리없이 접근해 도끼를 날린 저 거한의 무위는 상상조차 되지 않았다.

'마인, 마인들이라…….'

저들과 부딪치게 될 줄 알았다면 진작 단결봉으로 갈 걸.

그랬다면 강시와 싸우는 일도 없었을 것이고, 저런 괴물 같은 노인들과 싸우는 일도 없었을 것을.

장무욱은 한숨을 쉬며 주위를 둘러봤다.

예상대로 수하들이 형편없이 밀리고 있었다.

애초의 계획은 자신이 노인들을 처치하고 수하들이 저 어린 계집을 사로잡는 것이었다. 그렇게만 되면 강시들은 걱정하지 않아도 되는데, 노인들을 처치하기는커녕 그들에게 발목을 잡히다 보니 수하들이 오히려 강시들에게 유린당하고 있다.

그나마 도왕 북리곤이 음풍마제와 격전을 벌이고 있어 다행이라지만, 그도 언제 쓰러질지 모를 정도로 밀리고 있었다.

'후우… 결국 제대로 싸워보지도 못하고 풍비박산이 나버린단 말인가?'

장무욱은 씁쓸한 표정으로 검을 아로 세웠다.

비록 거한에게 내공을 전해 받았다지만 머리가 반 이상 깨져 제대로 된 무위를 발휘하기 어렵다.

'그러나 최후의 잠력을 격발시킨다면 동귀어진은 가능하리라!'

장무욱의 눈빛이 다시 활활 타오르기 시작했다.

'으음, 저놈이……?'

흡혈시마는 장무욱의 눈빛을 보고 잔뜩 긴장했다.

무풍수라 역시 긴장했는지 흡혈시마 어깨 위에 앉아 신중한 표정으로 공력을 끌어올리고 있었다.

세 사람 사이에 팽팽한 긴장이 흘렀다.

금방이라도 피가 튀고 비명이 흘러나올 것 같은 분위기였다.

그때,

"캬아앗!"

흑오에게서 날카로운 쇳소리가 흘러나왔다.

강시들에게 둘러싸여 먼 산을 응시하고 있던 그녀가 갑자기 몸을 떨며 흥분하기 시작했다.

그 소리가 어찌나 괴이하던지 장무욱은 자기도 모르게 몇 발자국 뒤로 물러났다.

흡혈시마도 마찬가지였고, 광마는 당황한 표정으로 급히 흑오 곁으로 달려갔다. 그 바람에 장내가 잠시 조용해졌다.

그러나 음풍마제와 도왕은 주위가 어떻게 돌아가든 신경도 쓰지 않았다. 아니, 신경 쓸 틈이 없었다는 표현이 더 정확하리라.

고오오…….

두 사람은 지금 내공 대결을 벌이고 있었다.

초식 싸움에 밀린 도왕이 마지막 승부수로 내공 대결을 택한 것이었다.

풍선처럼 부푼 옷.

지렁이처럼 꿈틀거리는 힘줄.

두 사람 사이에 돌개바람이 불었다.

그 바람이 점점 범위를 넓혀가다가 어느 순간 확 줄어들었다. 그리고,

퍽……!

신경을 자극하는 기이한 음향과 함께 시뻘건 피가 사방으로 튀어 올랐다.

"각주!"

"각주님!"

백의전 무인들이 눈을 부릅떴다.

몇 사람은 아예 눈물을 흘리며 비통한 표정을 지었다.

도왕 북리곤.

강호의 살아 있는 전설이라 불리던 그가, 뇌존을 제외하면 천하의 그 누구도 두렵지 않다고 큰소리치던 그가 시체조차 온전히 남기지 못한 채 폭사해 버리고 만 것이었다.

'아아…….'

장무욱은 참담한 표정으로 눈꼬리를 떨었다.

내심 희망을 걸고 있던 도왕이 폭사하고 말았으니 이제 저들을 막을 방법이 없다.

'결국… 동귀어진으로 저자들과 함께 이승을 떠나야 한단 말인가?'

무척 서글픈 결론이지만 어쩔 수 없다. 그 방법만이 자존심을 지킬 수 있는 유일한 길이었기에.

"타아앗!"

기합성을 터뜨리며 장무욱은 전신 공력뿐만 아니라 최후 잠력을 끌어올렸다. 그리고 전면을 향해 수도(手刀)로 강기를 내뿜었다.

막강한 진기를 이기지 못한 살점이 파편처럼 터져 나갔다. 그럼에도 장무욱은 기어코 검결의 궤적을 완성했다.

고오오오오!

평생 검만 쥐던 손이 핏덩어리로 변해가며 막강한 기운을 발출했다.

검강이라고 해야 할까, 수강이라고 해야 할까?

노도같이 밀려오는 기운에 흡혈시마와 무풍수라가 낭패한

표정을 지었다.

"헉?"

"이런!"

잠시 흑오를 바라보느라, 연이어 벌어진 음풍마제와 도왕의 내공 대결을 바라보느라 미처 장무욱을 생각하지 못했다.

그러나 썩어도 준치라고, 두 사람은 결연한 표정으로 날아오는 강기에 맞섰다.

하지만 너무 늦어버렸다.

두 사람이 팔성의 공력도 끌어올리기 전에 이미 장무욱의 강기가 코앞으로 날아오고 있었다.

츠츠츠츠츠!

불에 달군 쇠가 물에 닿으면 이런 소리가 날까.

장무욱이 쥐어짜 낸 강기에 흡혈시마의 옷자락이 잘려 나가고 금강폭혈공으로 보호되던 살갗에 벌건 상처가 새겨지기 시작했다. 동시에 무풍수라의 머리카락이 산산이 잘려 나가고 밀려오는 강기를 막아내기 위해 급히 공력을 끌어올리다 보니 힘줄이 터질 듯 부풀어 올랐다.

살을 저며오는 무시무시한 강기.

막을 수도 없고 막기에도 늦어버렸다.

흡혈시마는 암담한 표정으로 눈을 질끈 감았고, 무풍수라는 동귀어진을 각오하고 허공으로 뛰어올라 장력을 발출하려 했다.

그때,

"카앗!"

날카로운 쇳소리가 울려 퍼졌다.

강한 분노가 담긴 쇳소리.

그 파장이 모두의 이성을 순간적으로 마비시켰다.

장무욱의 강기도 파장으로 인해 일순간 흐트러졌다.

강기의 기운이 흐트러지는 찰나, 어디선가 붉은빛이 번쩍 하고 날아왔다.

사람들은 경악했다.

음풍마제도 경악했고 무풍수라와 흡혈시마도 경악했다.

"저, 저, 저……!"

너무 놀라 그 말밖에 할 수 없었다.

지금, 모두의 시선을 사로잡은 광채.

장무욱의 강기를 흔적없이 소멸시켜 버린 광채의 근원은 다름 아닌 흑오였다.

흑오의 이마에서 흑요석 같은 눈동자가 나타나 섬뜩할 정도로 아름다운 붉은 광채를 내뿜고 있었던 것이다.

후폭풍

魔道天下

장내는 한바탕 폭풍이 휘몰아친 것 같았다.

사방에 시체가 널려 있고 부상자들이 피바다 속에 누워 신음을 흘리고 있었다.

살아남은 자들은 멍하니 바닥에 앉아 있거나 부상자를 돌보거나, 혹시나 하는 표정으로 어느 한곳을 바라보고 있었다. 흑오와 음풍마제 등이 떠나간 단결봉 쪽이었다. 행여 그들이 되돌아올까 봐 긴장을 늦추지 못하고 두려움에 떨고 있었던 것이다.

하지만 담력이 강하거나 냉정을 되찾은 사람들은 침착한 표정으로 도왕의 시신을 수습하고, 기름 마른 등잔처럼 쓰러져 있는 장무욱의 상세를 돌보느라 진기요상법을 시도하고 있었다.

장무욱은 수하들에게 몸을 맡긴 채 툴툴 메마른 웃음을 흘렸다.

아직 자신이 죽지 않았다는 게 신기해서였다.

하지만 본능적으로 알 수 있었다.

지금이라도 수하들이 진기를 불어넣어 주지 않으면 곧바로 숨을 거두고 말 것이라는 걸.

이미 최후 잠력을 격발시킨 상태였기에, 그리고 머리가 깨지고 팔이 터져 나가면서 너무 많은 피를 흘렸기에 대라신선이 와도 자기 목숨은 구할 수 없다는 사실을 분명히 인지하고 있었다.

그럼에도 장무욱은 크게 초조해하거나 불안해하지 않았다.

조금 늦고 빠른 차이가 있을 뿐, 강호에 들어선 이상 죽음은 피할 수 없는 숙명 같은 것이었으니.

다만 아쉬운 건 적을 모두 놓쳐 버렸고 작전이 엉망이 되어 버렸다는 것.

그나마 강한 상대를 만나 최선을 다해 싸웠고, 중간에 그들이 떠나가 버리는 바람에 수하들이 몰살을 면했으니 큰 불만은 없다.

'그래도 한 놈 정도는 길동무를 삼았어야 했는데…….'

하지만 어쩔 수 없는 일이었다.

놈들 하나하나가 정말 괴물 같은 작자들이었으니. 특히 마지막 순간, 안광으로 자신의 강기를 제압해 버린 소녀까지 포함되어 있으니 불가항력적인 일이었다.

'아무튼, 이제부터 강호가 한바탕 뒤집어지겠군…….'

천금마옥 마인들의 등장만 해도 강호가 발칵 뒤집어질 일인데, 강시를 수족처럼 부리며 괴승의 보호를 받는 기이한 능력의 여자아이까지 나타났으니…….

'결국 사부님께서 직접 나서실 수밖에 없겠군.'

이때까지는 황실과의 관계를 고려해 한발 뒤로 물러나 있던 뇌존이다.

그러나 추혼사신대가 괴멸당하고 백의전이 무너졌으니, 더하여 제자들이 죽고 심복이나 마찬가지인 도왕이 죽었으니 전면으로 나설 수밖에 없으리라.

'그분이 나서신다면 천하가 피의 소용돌이에 휘말리겠구나…….'

언젠가부터 강호 패권뿐만 아니라 황실에 대한 영향력까지 신경 쓰고 있던 뇌존이다. 그러니 그가 움직이면 어둠 속에 숨어 있던 흑마련의 배후도 본격적으로 움직이게 될 테니, 강호뿐만 아니라 천하가 피바람에 휩쓸려 버릴지도 모른다.

'아무튼, 제자는 최선을 다했습니다, 사부…….'

짧지만 후회없는 삶이었다.

스무 살에 뇌존의 제자가 되어 이십사 년 동안 척마멸사의 선봉에서 활약했으니, 강호인으로서 그보다 더한 명예가 어디 있을까.

이제 남은 일은 남은 사람들의 몫.

"가서 사부님께 전해라. 어쩌면 흑마련보다 더 무서운 적이 그들일지도 모르겠다고……."

그 말을 끝으로 장무욱은 조용히 눈을 감았다.

수하들의 울음소리가 들려오고, 온몸에 힘이 빠져나갔다.

머리 위에서 환한 빛이 내리쬐는 걸 느끼며 장무욱은 마지막 숨을 토했다.

* * *

적면주개는 멍하니 주위를 둘러봤다.

어느새 노랫소리가 끊겨 버린 타구진(打狗陣).

일흔두 명의 수하가 시체로 변해 이곳저곳에 널브러져 있다. 개방이 자랑하는 칠십이로타구진(七十二路打狗陣)이 드디어 전멸한 것이었다.

의로운 죽음일까, 개죽음일까?

일흔두 명의 목숨을 앗아가 버린 전장.

상황은 크게 나아진 게 없었다.

저 빌어먹을 마승들은 여전히 살수를 뿌리고 있고, 자신들은 형편없이 뒤로 밀리고 있다.

제자들의 희생으로 한 명의 마승을 처단했지만, 오히려 놈들의 살기만 북돋은 셈이 되어버렸다.

남은 군웅은 이제 오백여 명.

놈들은 아직 이백 명 넘게 살아 있다.

숫자로 따지면 자신들이 훨씬 유리했지만, 문제는 세 명이 달라붙어도 한 놈을 상대하기 어렵다는 것.

그나마 광혜 대사와 소요선옹, 정석 도장 등이 제자들의 도움을 받아 마승들을 상대하고 있다지만, 세 사람 모두 언제 쓰러져도 이상하지 않을 만큼 탈진한 상태였다. 그에 비해 저 빌어먹을 마승 놈들은 아직도 펄펄 날아다니고.

이제 남은 희망은 영웅성뿐이다.

'전체 판세고 나발이고, 제발 좀 움직여 줘, 이 개자식들아!'

속으로 발을 동동 굴렀지만 오지 않을 것이라는 걸 안다.

신호탄을 수십 번이나 쐈으니 올 놈들이라면 와도 벌써 왔을 것이다.

'결국 이 산에서 내 뼈를 묻어야 한단 말인가?'

평생을 함께했던 술 호로도 이제 하나밖에 남지 않았다.

웬만한 적들이라면 취팔선권을 쓸 필요도 없이, 파옥권(破玉拳)과 용음십이수(龍吟十二手)만으로도 충분했으리라.

그러나 워낙 지독한 놈들이 되다 보니 적면주개가 아닌 혈면주괴로 싸워도 세 명을 상대하기 힘들었다. 그런 상황에서 무리하게 다섯 명을 상대하다 보니 결국 마지막 술 호로가 깨지고 복부에 긴 검상을 입고 말았다.

"푸헐헐. 그래, 제자들도 먼저 갔는데 나 혼자 살아 있으면 면목이 없지."

적면주개는 허탈하게 웃으며 복부를 베고 지나가는 검날을 붙잡았다.

손바닥이 갈라지면서 화끈한 통증이 엄습했지만 손에 공력을 모아 놈의 검을 부러뜨렸다. 그리고 그 검 조각을 이용해 등 뒤에서 살수를 날려오는 아수라 가면의 눈알을 꿰뚫어 버렸다. 그 바람에 등에 긴 상처를 입고 더 이상 버틸 힘이 없어 털썩 주저앉는데, 귓전으로 급박한 비명 소리가 들려왔다.

"으아아! 음풍마제! 음풍마제가 나타났다!"

"무풍수라, 무풍수라도 나타났어!"

"맙소사! 흡혈시마도 있어! 모두 피해!"

멀리서부터 들려온 찢어질 듯한 비명 소리에 정파 무인들은 대경실색했다.

엎친 데 덮친다고, 이미 죽었다고 알려진 십대마인들이 나타나다니.

충격과 공포로 눈앞이 아득했다.

가뜩이나 열세에 처해 있는데 전설의 십대마인이 등장하다니, 다들 손발이 떨려왔다.

더더군다나 절망스러운 건, 그들만 나타난 게 아니라는 사실이었다.

이야기 속에 나오는 거인족처럼 무려 십 척에 달하는 거한이 광소를 터뜨리며 미친 듯이 도끼를 휘두르고 있었다. 그 한 사람만 해도 음풍마제에 버금가는 고순데, 그 뒤로 양손에 비도를 나누어 쥔 소녀가 새파란 살기를 흘리며 강시들과 함께 무서운 속도로 달려오고 있었다.

"맙소사! 이제는 강시들까지……."

그때부터 정파 무인들은 전의(戰意)를 잃고 사방으로 몸을 피하기 시작했다.

밀밀승을 비롯한 호존승들과 염왕단은 그 광경을 보고 일순간 손을 멈췄다.

다 이긴 싸움에 끼어들어 느닷없이 재를 뿌리는 사람들.

그것도 피아 구분 없이 마구잡이로 살수를 펼치는 음풍마제와 흑오 등을 보고 어떻게 대해야할지 순간적으로 판단이 서지 않은 때문이었다.

그들에게 있어 음풍마제나 무풍수라 등은 생판 낯선 인물이었다. 그러나 광마승이나 추혼백팔사자는 한때 같은 편이었고, 자기들보다 높은 신분을 가졌거나 대부인의 특명을 수행하는 초법적 존재들이었기에 예상외로 전개되는 사태에 다들 머리가 혼란스러웠다.

"밀밀승, 어찌했으면 좋겠소?"

염왕단주가 심각한 표정으로 질문을 던졌다.

밀밀승은 곤혹스런 표정으로 장내를 둘러봤다.

애초에 대부인에게 받은 명은 흑오와 광마를 발견 즉시 추살하라는 것.

그런데 지금 상황을 보니 그 명을 이행하기란 거의 불가능했다.

'저자들, 만만치 않은 고수들이야……!'

먼저, 자신들 수준에 근접한 음풍마제 등이 마음에 걸렸다.

'그리고 우리 인원이 너무 적어…….'

이때까지 흑오가 나타나기를 기다리며, 덤으로 정파 놈들을 몰살시키기 위해 천 명의 염왕단이 은신하고 있었다. 그때까지만 해도 아무 문제가 없었으나 하서주랑 쪽으로 넘어온 정파 놈들과 부딪치면서, 그리고 마도 놈들의 유인책에 휘말려 전력의 삼분지 일을 잃고 정파 놈들의 본진과 싸우는 바람에 모든 계획이 엉망진창이 되고 말았다.

'특히 두 연놈 때문에 전체 사기가 형편없이 떨어져 버렸지.'

장난처럼 검강과 이기어검을 펼치던 묵자후와 은혜연.

두 사람의 무위를 보고 염왕단뿐만 아니라 호존승들마저 기가 질려 버렸다. 그래서 더 이상 싸우지도, 후퇴하지도 못하는 어정쩡한 상태에서 정파 놈들과 대치하고 있었는데, 다행히 두 사람이 약속이나 한 듯 동시에 장내를 떠나가 버렸다.

그때부터 마음 놓고 정파 놈들을 몰아붙이고 있는데, 하필이면 이때 광마승과 추혼백팔사자가 나타나다니.

밀밀승은 짜증스런 표정으로 만통 도인을 노려봤다.

'머저리 같은 놈! 강시들 다루는 건 문제없다고 큰소리 뻥뻥 치더니 이게 뭐야? 네놈이 키운 아기들이라며?'

한쪽 구석에 쪼그리고 앉아 죽어라고 수정구를 들여다보는 만통 도인.

한심스러웠다.

그가 땀을 뻘뻘 흘리며 아무리 주문을 외워도 추혼백팔사자는 들은 척도 하지 않았다. 오히려 괴성을 터뜨리며 더 흉포하게 날뛰고 있었다.

'저렇게 무능력한 놈인 줄 알았다면 차라리 사악도인을 붙잡을걸…….'

속에서 울화가 치밀었지만 어쩔 수 없었다.

추혼백팔사자를 통제할 수 없다면 상황은 불을 보듯 뻔했으니.

"어서 결정을!"

염왕단주의 재촉이 아니더라도 벌써 염왕단이 무참하게 도륙당하고 있었다. 거기다 흑오의 눈동자가 서서히 자신을 향하고 있었다.

'이크! 저 계집이 파멸안을 발동하면 우리 모두 통구이가 되고 만다!'

자라 보고 놀란 가슴 솥뚜껑 보고 놀란다고, 이미 흑오의 파멸안에 한 번 혼쭐이 난 밀밀승.

후다닥 시선을 돌리며 급히 명을 내렸다.

"모두 후퇴!"

참새 떼가 달아나듯 정신없이 후퇴하는 염왕단과 호존승들.

흡혈시마는 숨을 헐떡이며 투덜거렸다.

"도대체 저놈들, 누구냐? 하나같이 손이 매운 녀석들만 모여 있는데?"

얼핏 보니 흑오와 광마를 알아보는 것 같아서 던져 본 말이었다.

그러나 아무 대답 없이 안개 낀 절곡만 바라보는 흑오.

"크르르……."

낮은 괴성을 흘리며 절곡 입구를 맴돌더니 갑자기 먼 하늘로 고개를 돌린다.

무얼 느낀 것일까?

구름 낀 산봉우리 쪽을 보며 눈을 반짝이던 흑오.

온다 간다 말도 없이 튕기듯 몸을 날리기 시작했다.

"저, 저 버릇없는 녀석! 어른이 이야기하는데 대답도 하지 않고?"

벌컥 화를 내며 발을 굴렀지만, 이미 흑오는 까만 점으로 변해간다. 그리고 광마와 추혼백팔사자, 음풍마제와 무풍수라가 그녀를 쫓아 몸을 날리기 시작했다.

"이런, 형님들마저? 제기랄! 내가 어디서 주워온 놈도 아니고, 왜 모두 날 버리고 가는 거요?"

씩씩 고함을 지르다가 허둥지둥 몸을 날리는 흡혈시마.

그들은 본능적으로 알 수 있었다.

지금 흑오가 묵자후를 찾아가고 있다는 걸.

마음 같아서는 저 뒤에 있는 정파 놈들을 짓이겨 놓고 싶었지만 일단은 묵자후가 먼저였다. 그동안 녀석이 어떻게 지냈는지, 얼마나 컸는지, 가슴에 사무치도록 보고 싶기 때문이었다.

적면주개는 망연자실한 표정으로 흑오의 뒷모습을 바라봤다.

그녀 일행이 나타나면서 겨우 목숨을 구하게 됐으나 적면주개는 조금도 고맙지 않았다. 저들이 등장하면서 놈들이 물러갔지만, 저들의 등장으로 인해 많은 정파 무인들이 또다시 목숨을 잃었기 때문이다.

'이럴 줄 알았다면 차라리 저 아이가 영웅성에 머물러 있도록 그냥 놔둘 걸 그랬어…….'

물을 만난 고기처럼 강시들을 끌고 나타난 흑오.

이제 그녀를 막을 수 있는 사람은 아무도 없을 것 같았다.

천하의 어느 누가 강시들을 뚫고 그녀를 해칠 수 있겠는가.

설령 강시들을 뚫는다 해도 그녀 옆에는 괴력을 발휘하는 마승과 마도의 전설이라 불리는 십대마인들이 동행하고 있으니 언감생심, 꿈도 꾸지 못할 일이었다.

'결국…… 저 아이가 합류하면 환마라는 놈은 명실상부한 마도의 지존이 되겠구나!'

그게 가장 큰 걱정이었다.

지금도 그놈 하나를 못 당해 일이 이 지경으로 꼬였는데, 흑오를 비롯한 강시들과 괴력의 마승, 거기다 마인들의 우상인 십대마인들이 합류하게 되면 강호에 또 하나의 거대 세력이 등장하게 된다. 그것도 흑마련처럼 애매모호한 세력이 아닌, 이십몇 년 전처럼 십만마도를 하나로 통합하는 초거대 마도 집합체가 탄생하게 되는 것이다.

'그렇게 되면 놈은 철혈마제에 이어 전 마도를 호령하는 마도지존으로 등극할 것이고, 그렇게 되면…….'

생각하다 보니 등에 소름이 돋았다.

'정사대전! 제이의 정사대전이 발발하게 되겠구나! 맙소사! 이 일을 어떻게 하면 좋단 말인가?'

놈들의 잔인한 손속을 보니 앞으로 있을 정사대전은 이전보다 더한 피바람을 몰고 올 것이 분명했다.

그런데 그 싸움의 중추를 맡아야 할 이들은 모두 이 계곡에서 명을 달리하고 말았고…….

생각하다 보니 분통이 터졌다.

'으드득! 이게 모두 영웅성 놈들 때문이다! 그놈들을 믿고 의지하는 바람에 일이 이 지경이 되고 말았다!'

영웅성이 조금만 더 적극적으로 움직여 줬다면, 조금만 더 일찍 나서줬다면 단결봉에서 마인들을 처단하고 염왕단 놈들과 승부를 결할 수 있었다. 그렇게만 진행됐더라도 놈들의 전력을 반 이상 깎아버리는 동시에 무고한 희생을 크게 줄일 수 있었을 것이다.

'그리고 그렇게 진행됐다면 정사대전에 대한 우려를 하지 않아도 됐을 것이고, 승리에 고무된 구대문파가 자신감을 갖고 문호를 개방, 더 많은 제자를 거둬들여 강호에 새로운 희망을 안겨줄 수 있었을 텐데. 또 그렇게 되면 우리 개방도 영웅성과 손잡지 않고 예전처럼 무림맹을 세워 구파일방의 하나로 어깨에 힘줄 수 있었을 텐데. 그리하여 영원무궁토록 정파천하를 유지할 수 있었을 텐데…….'

상상이 꼬리에 꼬리를 물었지만, 이미 일장춘몽으로 끝나버린 일이다. 그러다 보니 모든 원망이 흑오를 비롯한 음풍마제 일행에게 쏠리기보다는 차일피일 출전을 미룬 영웅성에게 쏠리게 됐다.

'가서 구대문파 긴급 회의를 열자고 해야겠다! 그 자리에서 할 말이 있다고. 이제부터 누구라도 영웅성과 손잡으면 개새끼라고! 설령 방주님의 명을 어기는 한이 있더라도 우리 거지들은 결코 영웅성과 손잡지 않을 거라고 선언해야겠다! 이

대로는 복장이 터져서 못 견디겠다!'

뒤늦게 분통을 터뜨리는 적면주개.

사방에 흩어져 있는 개방 제자들의 시신을 수습하며 그는 한없이 이를 갈고 한없이 눈물방울을 떨어뜨렸다.

다른 군웅들도 마찬가지였다.

사지가 떨어져 나간 시신들.

목이 잘렸거나 허리가 두 동강 난 시신들.

내장이 터져 나갔거나 머리가 터져 나간 시신들 등, 절곡 이곳저곳에 널브러져 있는 동료들의 시신들을 수습하며 그들은 하염없이 눈물을 흘렸다.

그리고 장내 정리가 끝난 뒤 그들은 힘없이 절곡을 떠나갔다. 더 이상 남아 있어봤자 할 일이 없었기 때문이다.

*　　*　　*

강호에는 한바탕 태풍이 휘몰아쳤다.

기련산에서 시작된 소문이 눈덩이처럼 커져 태풍으로 변해 버린 것이다.

—구대문파가 기련산에서 마인들을 소탕하려다가 오히려 치욕적인 패배를 당했다!

—청성파 곤오 도장이 죽고 공동파 현오 도장이 죽지도 살

지도 못하는 지경에 처했다! 그뿐만 아니라 소림사 십계십승인 광인 대사가 폐인이 되고, 소림과 무당, 청성, 공동파의 본산제자 일부와 속가제자 대부분이 목숨을 잃었다. 그 소식을 듣고 뒤늦게 달려간 개방 제자들도 몇 사람만 남기고 거의 몰살당했다!

—영웅성도 엄청난 피해를 입었다! 도왕과 천화신검이 죽고, 백의전이 거의 괴멸지경에 처했다!

—냉룡령 부근에서도 무수한 시체가 발견됐다! 모두 삼백구 정도인데, 전후 사정으로 미뤄 영웅성의 비밀 살수인 추혼사신대로 보인다!

하나같이 믿지 못할 소문들이었다.

천하의 구대문파와 영웅성이 한낱 마인들에게 참패를 당하다니?

그러나 하서주랑을 왕래하는 상인들과 감숙 인근에서 활동하는 표사들, 그리고 기련산 인근을 떠도는 낭인들에 의해 대부분 사실로 밝혀졌다.

그리고 그보다 더 놀라운 소문은, 전왕과 환마, 도마가 동일 인물이었고, 그를 중심으로 마인들이 하나로 뭉쳤다는 것과 흑마련도 이번 사건으로 엄청난 피해를 입었다는 소식이었다.

그리고 강호인들을 가장 놀라게 만든 소문은, 이십사 년 전에 죽었다고 알려진 십대마인들 중 세 사람이 재등장했고, 강시들이 그 마인들과 함께 움직이고 있다는 소문이었다. 그리고 그 강시들을 수족처럼 부리는 소녀는 얼마 전 악양에서 혈겁을 일으킨 요마인데, 그녀의 정체는 마인들의 우두머리라 불리는 묵자후와 오누이지간이라는 소문이었다.

강호인들은 그 이야기를 들으며 불안감을 감추지 못했다. 앞으로 사태가 어떻게 발전될지 알 수 없었기 때문이다.

그나마 희망적인 소식은, 검후가 마인들을 상대로 이기어검을 펼쳤고, 그 무공을 본 마인들의 우두머리가 두려움을 참지 못해 어디론가 도망쳐 버렸다는 소식이었다.

강호인들은 그 이야기를 듣고 모두 환호했다.

강호사를 통틀어 이기어검에 도달한 무인이 과연 몇이나 됐던가? 정사(正邪)를 불문하고 아득한 상고시대까지 거슬러 올라가도 다섯 명을 채 넘지 않았다.

그중 강호인들에게 널리 알려진 이름이 바로 천마 이극창과 신창 양기진이었으니 그 경지가 과연 어느 정도일까?

그런데 검후가 벌써 그에 이르렀다니 모두 희망에 부풀어 가는 곳마다 검후 이야기로 꽃을 피웠다.

하지만 뒤이어 들려온 소문에 또 한 번 숨을 죽일 수밖에 없었다.

소림사 십계십승인 광인 대사의 입을 통해 전해졌다는 소문.

전왕이자 환마이고 도마라는 사내, 이제는 마인들의 우두머리가 된 그가 단결봉에서 이십 년 전의 피 값을 남김없이 되돌려 받겠다고 선포했다는 소문 때문이었다.

강호인들은 그 소문을 듣고 모두 충격과 공포에 휩싸였다.

"만약 과거의 혈사에 관련된 문파가 있다면 서둘러 봉문하거나 장문영부를 바쳐라! 그렇지 않으면 개미 새끼 한 마리 남기지 않고 몰살시키겠다! 그러나 공동파만은 이 혜택에서 제외될 것이니, 죽음의 공포가 너희들과 너희 후손들에게 자자손손 미칠 것이다!"

아! 이 얼마나 무섭고 소름 끼치는 선언인가?

이기어검을 펼친 검후도 사실은 그와 대치하다가 혼절하고 말았다는 소문이 떠도니, 강호인들은 시간이 갈수록 뭐가 진실이고 뭐가 거짓인지 헷갈렸다. 그래서 다들 자기 사문이 과거 혈사와 관련됐는지 알아보기 위해, 혹은 기련산 혈사와 관련된 좀 더 자세한 소식이 있는지 알아보기 위해 각자 인맥을 동원하거나 동분서주, 귀를 곤두세우기 시작했다.

그 와중에 화산에서 구대문파 긴급 회의가 열렸고, 적면주개는 그 자리에서 열변을 토했다.

회의에 참석한 구대문파 장문인들은 적면주개의 이야기를 듣고 발연대로(勃然大怒:무척 화를 냄)하여 곧바로 영웅성과의 관계 단절을 선언했다. 그리고 영웅성에 사람을 보내 이번 사태에 대한 해명을 들어보고, 그 해명이 모두의 기대에 미치지 못한다면 뇌존과 그 문하 제자들을 화산파에서 축출하기로 했다.

또한 광혜 대사와 광인 대사의 증언을 통해 묵자후의 무위와 신분, 그리고 정파 전체를 무시한 그의 경고 발언과, 이후에 벌어진 흑마련과의 격전 소식을 전해 들은 장문인들은, 추가로 음풍마제와 흑오의 움직임 등을 전해 듣고 저마다 분노에 치를 떨다가 근심스런 기색으로 서로 의견을 교환하기 시작했다.

그 결과, 예전처럼 다시 무림맹을 설립하기로 했고, 적당한 날을 정해 무림맹주 선출 및 천하 비무대회를 열기로 했다.

회의가 끝난 뒤 각 문파 장문인들은 이번 혈사의 희생자들을 기리기 위해 합동으로 위령제를 지냈다.

나직한 독경(讀經) 소리.

심금을 울리는 흐느낌 소리.

온몸으로 스며드는 매캐한 화근내와 향 내음…….

목우형은 바람에 휘날리는 만장(輓章)과 위패(位牌)를 보며 말없이 주먹을 움켜쥐었다.

마인들과 싸우다가 장렬히 죽어간 사형들과 사제들.

그들의 위패가 망막을 파고들자 말로 형용할 수 없는 괴로움과 슬픔을 느꼈다.

차라리 자기 이름이 저기 있었다면 이토록 괴롭진 않으리라.

'가문의 대가 무엇이기에… 현철중검이 뭐가 그리 중요하기에…….'

사부인 소요선옹이 기련산으로 떠날 때 목우형은 서안에 머물고 있었다. 천화루에서 모이기로 한 잠룡지회가 장소 문제로 연기되어 버렸기에 잠깐 집에 들렀다가 사문으로 되돌아가려는 의도였다.

그런데 갑자기 사문에서 비상 연락이 왔고, 사부가 서안을 지나 기련산으로 간다는 소식을 듣게 됐다.

목우형은 드디어 때가 왔구나 싶었다.

이미 비상 연락을 통해 저간의 사정을 알게 된 터라, 또한 묵자후와 하룻밤을 지내면서 알 수 없는 운명의 끈을 느끼고 있었던 터라 결연히 사부를 따라 기련산으로 향하려 했다.

그런데 장남이라는 굴레가 그의 발길을 지체하게 만들었고, 현철중검을 하사받은 신분이라는 게 출전 자체를 불가능하게 만들었다.

화산에서 현철중검을 하사받은 이는 장문인의 명령 없이는 결코 함부로 움직일 수 없었으니.

화산파 최악의 사태를 대비한 예비 속가 장문인이 바로 현철중검을 하사받은 이였으니.

그래서 사부를 따라가지 못했다.

다행히 사부는 무사했지만, 이렇게 서글픈 모습으로 동료 사형제들의 주검을 맞이하게 됐다.

'싸우고 싶어도 마음대로 싸울 수 없는 처지…….'

남들은 이런 자신을 부러워하겠지만 목우형은 저 위패에 새겨진 사람들이 진심으로 부러웠다.

익힌바 무공을 마음대로 써보지도 못하고 평생 자신을 숨겨야 하는 처지.

그게 사문을 위한 것이라지만, 가끔은 그 무게가 너무 무거워 달아나고 싶을 때가 많았다.

그런 기분을 이해했을까?

저 뒤에서 주옥란이 다가와 술 호로를 건네준다.

그러면서 하는 말.

"우리는 그나마 나아요. 화 사형과 연 사형은 지금 제정신이 아닐 거예요."

옳은 말이다.

그들의 사부는 한순간에 폐인이 되고 말았다. 아니, 폐인보다 더 비참한 지경에 빠지고 말았다.

"저는 이해가 되지 않아요. 차라리 목숨을 빼어가는 게 낫지, 왜 사람을 죽지도 살지도 못 하게……. 아, 죄송해요. 저는 현오 도장께서 돌아가시는 게 좋다는 뜻이 아니라……."

"됐다. 네 마음 아니까 더 말하지 않아도 돼."

"…네."

"담우검 화무린… 그 친구 마음이 무척 쓰리겠군……."

"네. 떠나실 때 표정이 무척 비장해 보였어요. 마치… 죽음을 결심한 사람처럼……."

"그래… 왜 안 그렇겠어."

문득, 그가 떠나기 전에 했던 말이 떠올랐다.

"후후, 천하 비무대회라고 하셨소? 지금 상황에서 그게 무슨 의미가 있단 말이오? 우리가 비무대회를 준비할 동안 놈들은 사방으로 달아나거나 세력을 도모할 텐데. 그리고 돌아가신 분들은 지하에서 복수를 기다리며 통곡하고 있을 것인데……. 지금 우리가 해야 할 건 비무대회가 아니고 복수라오! 즉각적이고 철저하면서도 추호의 인정도 베풀지 않는 복수!"

그때 사람이 달라 보였다.

그토록 온화하던 사람이 한순간에 냉혈한이 되어버린 듯했다.

'하긴 그런 성격을 갖추고 있었으니 공동파 삼대제자 중 유일하게 복마십팔검에 들었겠지…….'

"그런데 저는 화 사형보다 연 사형이 더 걱정돼요."

"나도 동감이야. 그 친구는 정말 어디로 튈지 모르는 화약 같지."

"네. 더구나 그의 가문이 대륙에서 손꼽히는 군벌가문(軍

閥家門)이라니 더더욱 걱정돼요."

"훗, 걱정도 팔자군. 설마하니 그 친구가 군부를 동원하겠어?"

"그야 알 수 없는 일이죠. 연 사형의 부친이 산서의 병권을 장악하고 계시니 공동파를 돕겠다고 마음만 먹으면 전혀 불가능한 일도 아니잖아요."

"녀석! 걱정도 팔자다. 군부가 강호의 일에 끼어들면 황실이 위태로워져. 무슨 말인지 알지?"

"하지만 요즘 가만히 보면 황실이 강호의 일에 끼어들려고 하는 것 같잖아요."

"이 녀석이 지금 무슨 소리를? 어디 가서 절대 그런 말 하지 마라. 추측에 불과한 말이야."

"쳇, 제가 어린아이인가요, 이런 이야기를 함부로 하게?"

"그래도 입조심해. 외숙부께서 술김에 하신 이야기를 우연히 들었을 뿐이니."

"훙, 누가 명문귀족 출신 아니랄까 봐……. 아무튼 알겠어요. 그건 그렇고… 금 언니는 잘 돌아가셨을까요? 시국이 어수선하니 괜히 걱정되네."

금수련 이야기를 꺼내며 은근히 목우형을 훔쳐보는 주옥란.

목우형은 술을 들이켜며 지나가듯 대답했다.

"글쎄, 잘 돌아갔겠지 뭐……. 금 소저가 어린애도 아니고,

만약의 사태에 대비해서 호위무사도 고용했잖아."

"쳇! 무슨 대답이 그렇게 무성의해요? 나중에 금 언니에게 다 일러줘야지."

"에라이, 요 밴댕이 소갈딱지야! 허구한 날 고자질이냐?"

"피! 사형이 매일 실수만 하니까 그러죠. 저번 잠룡지회 때도 그게 뭐야? 금 언니는 내버려 두고 혼자 술 마실 궁리나 하고."

"그야 금 소저보다 술이 더 좋으니까 그렇지."

"말도 안 돼! 천화루에 비하면 형편없었잖아요!"

"그야 네 입이 고급이라서 그렇고."

"이 아저씨가 누구더러 고급이래? 진짜 고급은 황족이신 아저씨 어머니잖아!"

"이 녀석이 또?"

"아차차, 실수, 실수. 죄송합니다, 헤헤."

"휴우, 내가 네 녀석과는 말을 말아야지……."

그러면서 다시 술을 들이키는 목우형.

주옥란은 새치름한 표정으로 그를 흘겨보다가 문득 생각났다는 듯 말했다.

"그런데 사형, 사형도 비무대회에 참가하실 거예요?"

목우형은 피식 웃으며 고개를 가로저었다.

"아니, 나는 비무대회보다는 선봉결사대에 지원하고 싶어."

"예엣? 지, 지금 선봉결사대라고 하셨어요? 이 아저씨가 진짜 큰일 날 소리를! 장문인께서 아시면 당장 불호령을 내리실 거예요."

그 말에 씁쓸하게 웃는 목우형.

"아마… 그렇겠지?"

"네……."

그때부터 말없이 술만 들이켜는 목우형.

주옥란은 안타까이 그를 바라보다가 조심스럽게 입을 뗐다.

"저어, 사형."

"응?"

"나는요, 사형이 선봉결사대에 지원하는 거 싫어요."

"이 녀석이?"

"정말이에요. 그냥… 이대로 지내셨으면 좋겠어요. 손에 피 묻히지 마시구요. 사형이 손에 피를 묻히시면… 금 언니가 싫어할 거예요."

"녀석, 금 소저가 싫어하는 거랑 무슨 상관이냐? 내가 좋아서 지원하겠다는데."

순간, 주옥란의 눈이 살짝 빛났다.

"헤… 금 언니뿐만 아니라 저도 싫어요. 정말 싫다구요. 예전에 정사대전 때도 선봉결사대에 지원했던 사람은 다 죽었대요. 한 사람도 남지 않고 다 죽었대요. 전 사형이 죽는 거

싫어요. 정말 싫다구요! 이런 제 마음… 아시겠어요? 칫, 알리가 없지. 이 바보 멍텅구리 같은 목석 아저씨야!"

그 말과 함께 얼굴을 붉히며 후다닥 달아나 버리는 주옥란.

"허! 저 녀석이?"

목우형은 어이없다는 듯 헛웃음을 터뜨렸다.

"저 녀석이 내게 관심이 있나? 매일 구박하더니 오늘따라 왜 요상한 눈빛을 보내고 그래?"

그러면서 다시 술 호로를 입에 갖다 대는데 누군가가 쓱 눈앞에 나타났다.

"죄송하지만, 목 소협. 조금 전에 하신 황실 이야기… 조금만 더 해주시면 안 되겠소?"

어찌나 늙었는지 하얀 백발과 수염을 배배 꼬아 목을 휘감은 노인.

그의 허리에는 무려 열 개의 매듭이 지어져 있었다.

"서, 설마 전대(前代) 개방 장문인이신 규지신개(叫枝神丐) 어르신?"

노인을 본 목우형의 목소리가 난생처음으로 떨려 나왔다.

* * *

강호를 충격과 공포의 도가니로 몰아넣은 대폭풍의 서곡.

사람들의 입에서 입으로 전해진 기련산 혈투 소식은 영웅성이라 해서 비켜 나가지 않았다. 아니, 오히려 이번 사건의 가장 큰 피해자이면서도 강호인들에게 온갖 질타를 받게 된 영웅성이다 보니 그 소식은 영웅성 전체에 엄청난 후폭풍을 불러일으켰다.

"음? 음풍마제와 무풍수라, 그리고 흡혈시마가 살아 있었다고?"

그 폭풍의 진원지는 뇌존의 거처, 군림전 만승각에서부터 비롯되었다.

처음엔 조금 놀란 목소리에 불과했다.

그러나,

"뭐라고? 둘째와 곽 봉공이 죽고 추혼사신대가 전멸했다고?"

그때부터 목소리가 경직되기 시작했다.

그리고,

"뭣이라? 북리 아우가 죽고 첫째가, 첫째가… 어떻게 됐다고?"

급기야 목소리가 부들부들 떨리기 시작했다. 그러다가 마지막으로,

"방금 뭐라고 했느냐? 누가, 누가 나를 파문한다고? 화산이, 감히 화산이 나를 파문하겠다고?"

뇌존의 목소리가 갑자기 불벼락으로 변해갔다. 동시에 만승각 지붕이 산산조각으로 터져 나가고 보고하던 이가 그 자

리에서 풍선처럼 부풀어 오르다가 뻥 하고 터져 버렸다. 그때부터 만승각 주위로 무시무시한 살기가 휘몰아쳤다.

"누가 감히 나를 파문한단 말이냐? 화산이, 네놈들이 내게 해준 게 뭐가 있다고!"

분노에 찬 고함 소리가 영웅성 전체를 초긴장 상태로 몰아넣었다.

"셋째! 가서 셋째를 불러와라! 고왕을 부르고 창왕을 부르고, 삼십육천강을 모두 불러와라!"

흥분한 상태로 마구 명을 내리던 뇌존.

어느 순간 털썩 자리에 앉더니 살기 어린 눈으로 화산이 있는 북녘 하늘을 노려봤다.

"으드득! 화산, 화산이라… 후후. 내가 스물다섯 살 될 때까지 화산에서 느낀 건 소외감뿐이었다. 속가제자라고, 보잘것없는 무가 출신이라고 십 년 동안 창룡령(蒼龍嶺)과 운대봉(云臺峰)만 오르내리라고 했지. 본산제자와 힘과 재주를 겨룬다는 남봉(南峰)의 동종(銅鐘) 수련도 단 한 번도 참석하지 못했지. 그런데 이제 와서 나를 축출하겠다고?"

원망이 짙게 배인 목소리.

그럴 만도 했다.

창룡령은 화산 북봉 입구로 들어서는 가파른 바위산을 말하고, 운대봉은 북봉 초입에 있는 산문을 지나 진정한 화산의 시작이라 불리는 북봉(北峰) 정상을 지칭하는 것으로, 삼면이 수직으로 치솟은 절벽과 낭떠러지로 이뤄져 있었다.

그런데 그 두 곳을 오르내리면서 삼천구백구십아홉 개의 돌계단을 지나 암벽 가장자리에 위태하게 세워진 전각에서 십 년 넘게 생활해야 했으니, 어린 나이에 얼마나 무섭고 힘들었겠는가?

하지만 뇌존이 애써 외면하고 있는 진실.

본산제자들이 수련하는 남봉 역시 칼같이 곤두선 암벽이 대부분이며, 장문인과 일대제자들이 머문다는 서봉 역시 깎아지른 단애와 경사진 암벽뿐이라는 사실이었다.

어차피 화산 자체가 회색빛 암벽으로 이뤄진 거대한 돌산이었으니 어딜 가나 환경은 비슷했던 것이다.

다만, 본산제자와 속가제자가 함께 남봉 정상에 올라 누가 먼저 동종을 울리는가 하는 수련에 참여하지 못한 건 확실히 차별이라고 할 수 있었다.

장공잔도(長空棧道)라 불리는 아찔한 절벽길.

한발만 삐끗해도 크게 다치거나 죽을 수 있는 수직 암벽 중간의 아슬아슬한 판자 길을 지나 소나무와 잣나무 어우러진 남봉 정상에서 각자 무공을 겨루며 동종을 울리는 수련.

이른 새벽과 석양 무렵, 하루 두 번 실시되는 그 훈련은 화산파 제자들의 담력과 도전 정신, 그리고 자신감과 성취감 등을 고취시키기 위해 만든 특별 훈련이었다.

본산과 속가 구분없이 시행되는데다 함께 땀을 흘리며 재주를 겨룬 뒤, 모두 웃통을 벗고 앙천지(仰天池)에 둘러앉아 물장난을 치거나 등목을 끼얹어주고, 더러는 옛이야기를 나누거나 덕담과 농담을 주고받으며 꿀맛 같은 휴식을 취한다.

그리고 휴식이 끝난 뒤에는 봉우리 동쪽에 세워진 남천문(南天門)을 바라보며 화산의 맹세를 합창하고 내려오니, 하루 두 번 실시되는 동종 수련은 단순한 수련의 의미가 아니었다. 모두에게 '우린 하나' 라는 동료 의식과 서로를 향한 우애와 신뢰를 돈독하게 만들어주는 일종의 동일체 훈련이었던 것이다.

그런 뜻 깊은 수련에 항상 제외되었으니 어린 마음에 얼마나 상처를 입었겠는가?

물론 그 이면을 파고들면 다른 사람들처럼 매화검을 수련한 게 아니라 뇌전검을 수련했기 때문이었지만, 당시의 뇌존으로서는 그런 속사정까지 헤아릴 수 있는 나이가 아니었다.

그러다 보니 날마다 한이 쌓여갔고, 이를 악물며 수련하다가 우연히 화산의 전설이라 불리는 매화산인의 눈에 들게 됐다.

그의 지도하에 무공이 일취월장 늘어갔고, 스물여섯 살 되던 해에 화산을 떠나 호북 부수(富水) 땅에서 표국 사업을 시작하게 됐다.

이후 부수와 구강(九江) 인근에서 활개 치는 수적들과 싸우면서, 동시에 부수 인근에 주둔하고 있던 수군(水軍) 장수들과 안면을 트게 되면서 조금씩 이름을 알리고 사업을 확장하게 됐다. 그러다가 어느 장수의 소개로 천재일우의 기회를 잡게 되었으니, 만약 화산에서 매화산인을 만나지 못했다면, 그에게 상승검결을 배우지 못했다면 오늘날의 뇌존은 결코 존재할 수 없었으리라.

'매화산인… 내 평생의 은인이신 사숙조시여……. 당신 때문에 이번 한 번만 화산을 용서해 주겠소. 그러나 차후에도 나를 무시한다면!'

두 눈에 푸른 안광이 번쩍였다. 그 눈빛이 닿는 곳마다 벽이고 가구고 종잇장처럼 찢겨 나갔다.

그날 오후.

뇌존의 셋째 제자인 비룡검 양욱환이 영웅성으로 돌아왔다.

과거, 겉보기만 화려하고 실권은 전혀 없는 무공 총사 직에 불만을 품고 검웅 이시백과 함께 천금마옥 몰살 계획을 건의했다가 예기치 못한 화산 폭발로 엄청난 희생을 치르게 되어 그 책임을 지고 십 년 면벽 형(刑)에 처해졌었다. 하지만 이번에 천화신검 장무욱과 운룡검 유소기가 기련산에서 명을 달리하는 바람에 다시 본성 무공 총사 겸 척마단주로 복귀하게 된 것이다.

단정한 옷차림, 공손한 태도로 뇌존 앞에 무릎을 꿇고 있는 비룡검 양욱환.

고왕 종리협은 조각상처럼 잘생긴 그의 얼굴을 보며 속으로 고개를 갸웃거렸다.

'결국 돌고 돌아 다시 양 공자인가? 성주의 자녀들이 모두 독에 당하고, 그 배후로 의심되던 두 분 공자마저 돌아가셨다. 그렇다면 애초에 의심했던 대로 양 공자가 암중의 흉수일 수도 있다는 말인데……?'

고왕이 혹시나 하는 눈빛으로 양욱환을 바라보는 이유.

현재 진행되고 있는 영웅성의 비극이 모두 정체를 알 수 없는 암중 흉수로부터 시작되었기 때문이다.

지금으로부터 십칠 년 전. 그러니까 정사대전이 끝나고 칠 년이란 세월이 흘렀을 때, 갑자기 뇌존의 자녀들이 차례로 중독되어 사경을 헤매기 시작했다. 원인도 알 수 없고 이름도 알 수 없는 지독한 독이었다.

그나마 뇌존이 재빠른 조치를 취해 맏이인 탁비웅만 모든 내공을 잃고 겨우 목숨을 건졌을 뿐, 둘째인 탁비성과 막내인 탁비경은 무탈하게 중독에서 벗어날 수 있었다.

하지만 그때의 충격으로 둘째 아들은 인내심이라곤 전혀 없는 흉포한 성격으로 삐뚤어지고 말았고, 막내딸은 망가진 외모를 한스러워하며 매사를 비관적으로 보기 시작했다.

그런 자녀들을 보며 괴로워하던 뇌존. 그 역시 신이 아니라 사람에 불과했던지, 수하들과 제자들을 의심하기 시작했다.

그 결과, 삼왕을 제외한 삼십육천강은 모두 한직(閒職)으로 밀려나게 됐고, 대제자인 천화신검 장무욱은 백의전을 맡아 흑마련과의 전투에서 최선봉에 서게 됐다. 그리고 둘째 제자인 운룡검 유소기는 성주 특명 암살 집단인 추혼사신대의 대주를 맡게 됐고.

두 사람 다 막강한 적을 상대하며 죽음의 공포를 껴안고 살아야 하는 직위인지라 그들이 암중의 흉수라면 금방 꼬리를 드러낼 수밖에 없을 것이라는 게 당시 뇌존의 판단이었다.

그러나 고왕이 고개를 갸웃거리듯, 맨 처음 의심을 받은 사람은 그들이 아니라 비룡검 양욱환이었다. 그의 외가가 독을 전문으로 다루는 사천당가였기 때문이다.

하지만 독을 사용하면 가장 먼저 용의선상에 오를 수밖에 없었기에, 그리고 그의 나이가 극독을 사용하기엔 너무 어려 보였고, 또 뇌존의 제자로 입문한 지 삼 년도 채 지나지 않았기에 의심의 눈길을 피해 나갈 수 있었다.

그런데 이제 장무욱과 유소기가 죽고 말았으니 그동안의 노력이 모두 허사가 되고 말았다. 암중의 흉수를 잡으려다 오히려 애꿎은 제자들만 잡고 만 것이다.

"…그래서 셋째를 부른 것이고, 다시 한 번 그대들의 힘을 빌리려는 것이다!"

대전에 울려 퍼지는 카랑카랑한 음성.

그의 눈은 여전히 불꽃같은 위엄을 내뿜고 있었지만, 갑작스런 제자들의 죽음과 화산파에서 보내온 축출 소식을 들은 때문인지 예전과 달리 뭔가 허전하고 쓸쓸하게 느껴졌다.

'그러고 보니 얼굴도 많이 늙어 보이시는군…….'

하긴 왜 안 그렇겠는가?

자녀들의 중독 이후 긴 세월 동안 분신이나 마찬가지인 제자들과 수하들을 의심하며 살아야 했으니 그 마음이 얼마나 괴로웠을까?

'성주님의 성격이 점점 외골수적으로 변한 것도 바로 그 때문이리라…….'

모든 사람을 의심하며 홀로 대외 업무를 관장하다 보니 날마다 짜증이 치밀었으리라. 그러다 보니 성격도 차츰 편협하게 변해갔고, 내리는 지시도 일방적이고 강압적으로 변해갔다.

'그때부터 성주님이 변하셨고 영웅성이 패도를 추구한다는 말이 나돌았지…….'

그뿐만이 아니었다.

뇌존이 후계자 지명을 미루고 황실의 권력 암투에 본격적으로 뛰어든 것도 바로 그때부터였다.

그 이전까지만 해도 뇌존은 황실의 은밀한 일을 처리해 주고 모종의 지원을 받는 청부 단체 역할에 만족하고 있었다.

그런데 자녀들이 중독되고 본인 역시 수십 차례 암습을 받게 되자 차츰 위기감을 느끼게 됐다. 누군가가 알 수 없는 힘으로 자신을 제거하려 한다는 느낌을 받은 때문이었다.

그때부터 천하를 좌지우지하는 황실 쪽에 혐의를 두게 됐고, 보다 적극적으로 권력 싸움에 뛰어들었다. 그러자 예상이 딱 맞아떨어졌는지 암살 시도가 눈에 띄게 줄어들었고, 대신 강호에 흑마련이란 단체가 등장해 그들과 치열한 접전을 벌이게 됐다.

그 세월이 벌써 십 년.

강산이 변할 만큼 싸우다 보니 이제 흑마련에 대한 많은 정보를 확보할 수 있었다. 그들의 배후가 누군지, 그리고 그들이 감추고 싶어 하는 비밀이 무엇인지…….

실로 예상치 못한 정보들이었다.

그 정보를 토대로 황실의 주도권을 장악해 놈들의 숨통을 끊어버리려 했는데 갑자기 황실과의 연락이 끊겨 버렸다. 그리고 두 제자는 죽고 자녀들은 전혀 무공을 못 쓰거나 반 폐인 상태로 마음 내키는 대로 살고 있었으니 이제 강호의 일을 맡길 사람은 비룡검 양욱환뿐이다.

'그래서 암중 흉수일지도 모른다는 의혹에도 불구하고 그를 후계자로 삼을 생각이신가?'

물론 그럴 수도 있고, 아닐 수도 있을 것이다.

지금 뇌존이 내리는 지시를 들어보니 당분간은 황실 문제에서 손을 떼고 강호의 일에 주력할 모양이다.

'그렇다면 아무 상관 없겠군. 아니, 차라리 잘됐어. 그동안 너무 중구난방으로 일을 벌이셨어! 황실 문제는 나중에 생각하고 우선 강호부터 손에 넣어야 해!'

어차피 천하를 놓고 벌이는 한판 승부다.

강호만 손에 넣으면 무엇이든 할 수 있지만, 강호를 잃으면 모든 것을 다 잃게 된다!

'그걸 알기에 그 요녀도 흑마련을 만들었던 거야!'

아무튼 오늘부터 강호에 일대 파란이 일 것이다.

그동안 숨겨뒀던 전력을 총동원해 강호 패권을 추구하게 될 테니.

'변수라 봐야 고작 옛 철마성 놈들뿐! 최후 승부는 결국 성주님과 황실에 숨어 있는 금소선자(琴簫仙子) 양화연(楊花緣), 꼬리 아홉 달린 요녀와의 싸움이지! 천하의 패권을 두고 영웅성과 흑마련이 강호에서 한판 승부를 벌이게 된 거야!'

결론이 그에 이르자 이제 양육환 문제는 별것 아니라는 생각이 들었다.

그가 흉수라면 언젠가 꼬리가 드러나게 될 것이고, 아니라면 강호 패권을 추구하는 과정에서 본인 능력에 따라 생사가 좌우될 것이니.

'그렇게 따져 보니 화산파가 성주님을 축출한 게 전화위복이 됐군!'

그동안에는 화산파 출신이라는 한계 때문에 강호 패권을

추구할 수 없었다.

아무리 힘이 넘쳐도 사문과 사승이라는 굴레에서 벗어나기 힘들었기에 철마성을 무너뜨리고 영웅성을 세웠지만 구대문파를 향해 칼을 겨눌 방법이 없었다. 그러다 보니 황실 문제에 더 집착하게 됐는지 모르지만 이제 그 굴레를 벗게 됐으니 마음껏 힘을 발휘할 수 있게 된 것이다.

'그래! 과거에는 황실의 지원을 받았지만, 이번에는 우리 힘으로 화끈하게 싸워보는 거야!'

송충이는 솔잎을 먹고 살아야 하듯, 고왕 종리협 같은 이들은 골치 아픈 황실 문제에 엮이기보다는 마음껏 강호 패권을 추구할 수 있게 된 현실이 더 마음에 들었다. 그러다 보니 양욱환의 성이 금소선자 양화연과 같은 성씨라는 걸 전혀 심각하게 생각하지 않고 있었다.

상봉

魔道天下

끝없이 펼쳐진 사막.

황금빛을 반사하는 모래 언덕.

태양마저도 수평선이 아닌 지평선이 삼켜 버리는 광활한 대지에 거대한 성의 흔적이 존재하고 있었다.

혹자는 철마성이라 부르고, 혹자는 마귀의 성이라 부르며 공포에 떠는 옛 성터.

그러나 지금은 부서진 성곽과 불타 버린 주춧돌만 남아 있는 곳. 그리하여 아득한 상고시대에는 호수를 낀 신비의 왕국으로, 이삼십 년 전에는 강호를 호령하던 난공불락의 성으로 알려졌으나, 이제는 비단길을 오가는 대상(隊商)들에 의해 아단용성(雅丹龍城)이라 불리는 옛 철마성 터에 핏빛 석양이 내려앉았다.

그 석양빛은 바람에 할퀴고 빗물에 쓸려 기괴한 모습으로 변해 버린 성곽 주변의 바위산들을 감싸며 때로는 황금빛으로, 때로는 주홍빛으로 물들여, 보는 이들로 하여금 다양한 감흥을 느끼게 만들었다.

"멋지군!"

"그러게……."

"내가 다시 이곳으로 돌아올 줄이야……."

"저 노을을 보니 옛 기억이 모두 되살아나는 것 같군……."

핏빛으로 물들어가는 장엄한 노을을 보며 몇 사람이 중얼거렸다.

각자 편한 자세로 성곽 주위에 걸터앉아 있는 이들.

그들 뒤로도 수많은 사람들이 보였다.

하나같이 지치고 상한 얼굴이었지만, 검붉게 물들어가는 하늘과 그 아래 펼쳐진 조각상 같은 바위들을 보며 저마다의 감상에 사로잡혀 있었다.

어떤 이는 영웅문처럼 생긴 바위를 보며 어깨를 바로 세우기도 했고, 어떤 이는 아수라처럼 생긴 바위를 보며 괜히 눈을 부릅뜨기도 했다. 또 어떤 이는 아기 업은 엄마 형상의 바위를 어루만지며 눈시울을 붉히기도 했다. 그러나 대부분은 아련한 그리움과 기대, 알 수 없는 희망과 두려움에 잠겨 말없이 노을만 감상하고 있었다.

그때 누군가가 소리쳤다.

"뭐야? 분위기가 왜 이래?"

"그러게 말이야. 겨우 놈들을 따돌리고 여기까지 왔는데 왜들 축 늘어져 있어?"

"이 사람이? 겨우라니? 놈들을 일방적으로 몰아붙이시던 지존의 무위를 보지도 못했나?"

"맞아. 희생자도 있었지만 우리가 이긴 싸움이야! 우리보다 몇 배나 많던 정파 놈들이 혼비백산하여 달아나던 광경을 떠올리니 자꾸 웃음이 나네."

"흐흐흐, 나도 그래. 그렇게 기세등등하던 놈들이 정신없이 달아나는 걸 보고 얼마나 통쾌하던지."

"맞아. 나도 그랬어!"

여기저기서 맞장구가 들려오고 그때부터 사람들이 피식 웃으며 자리에서 일어났다.

"자, 자! 분위기를 한번 바꿔보자구. 아무리 위령제를 치렀다지만 지존께서 보고 계실 텐데 모두 죽상을 하고 있으면 어떡하나?"

그 말이 떨어지기 무섭게 모두의 시선이 어느 한곳으로 쏠렸다.

무너진 성곽 중심부에 설치된 대형 군막.

저 안에 묵자후가 주요 마인들과 회의를 열고 있다.

"좋아! 지존께서 힘이 나시게 신나게 놀아보자구!"

"맞아! 죽은 사람은 죽은 사람이고, 산 사람끼리 축제를 벌여보자구!"

"좋아! 안 그래도 마등령주께서 술과 음식을 준비하고 계시니 서둘러 불을 피우세. 지존을 모시고 다 함께 축제를 여는 거야!"

그때부터 마인들은 여기저기에 불을 피우고 바닥을 고르기 시작했다. 뒤이어 무쇠 솥을 걸고 바위를 깎아 술상을 만들고 마지막으로 묵자후가 앉을 연단을 준비했다.

때맞춰 희사가 백 명의 시녀와 함께 삶은 낙타 고기와 양고기를 가져왔다. 술과 석류, 포도, 하미과(哈密瓜:메론의 일종) 등도 있었다.

"와! 음식이다!"

"좋아! 이제부터 축제 시간이다! 가서 지존을 모셔와!"

들뜬 표정으로 한자리에 둘러앉는 마인들.

그들은 사막 한가운데서 어떻게 음식을 마련했는지 궁금해하지도 않았다. 묵자후가 기련산에 등장할 때 앉았던 황금빛 가마. 그게 진짜 황금으로 만든 가마였고 그걸 팔아서 음식을 마련했다는 사실은 희사와 냉희궁을 포함한 독심객들만 알고 있었다. 그러다 보니 마인들은 언젠가부터 황금 가마가 보이지 않는다는 사실도 깨닫지 못하고 있었다.

하지만 어느 누구도 그에 대해 궁금해하지 않았다. 그저 술과 음식을 보며 즐거워하고 있었다.

물론 술과 음식이 없었어도 아무 상관하지 않았으리라.

있으면 있는 대로, 없으면 없는 대로 즐기는 것.

그게 정파인들에게 쫓기면서 강호를 누벼온 마인들의 생활 방식이었으니.

"아, 뭣들 하고 있는 거야? 어서 지존을 모셔와!"

"맞아! 회의는 나중에 하시고 우선 승리부터 자축하자고 말씀드려!"

무쇠 솥에 고기가 끓기 시작하자 성화를 부리는 마인들.

그러나 어느 누구도 선뜻 달려가는 사람이 없었다.

차라리 염라대왕의 수염을 뽑는 게 낫지, 어떻게 회의를 진행하고 있는 지존에게 감히 오라 가라 할 수 있겠는가?

때문에 마인들은 서로 목청을 높이면서도 눈치만 보고 있었다. 그러자 희사가 빙긋 웃으며 자리에서 일어났다. 모두를 대신해 묵자후를 청하기 위해서였다.

"와아! 마등령주님께서?!"

"휙, 휙! 존경합니다, 마등령주님!"

마인들은 희색이 되어 일제히 환호성을 터뜨렸다.

그들이 휘파람을 불며 희사를 응원하고 있을 때, 그리고 희사의 모습이 군막 안으로 완전히 사라져 갈 때,

쿵……!

멀리서 엄청난 진동이 느껴졌다. 뒤이어 지면이 우르르 떨

리고 사방에서 돌개바람이 불어왔다.

"뭐, 뭐야?"

"설마 정파 놈들이 여기까지 쫓아온 거야?"

갑작스런 진동음에 무쇠 솥이 엎어지고 사방에서 귀신 울음소리가 들려오자 마인들이 바짝 긴장했다.

저 소리가 들려온 곳은 다름 아닌 외곽의 경계망 쪽.

정파 놈들과 염왕단을 따돌릴 때처럼 묵자후가 직접 진을 설치하고 방책을 세운 곳인데, 이렇게 강한 진동이 일어나다니?

"모두 전투 준비!"

누군가가 찢어질 듯한 목소리로 소리쳤다.

마인들은 일제히 병장기를 움켜쥐었다.

쿵! 쿵! 쿵!

진동음이 점점 가까이 다가왔다.

강제로 진을 뚫고 들어오려는 게 분명해 보였다.

마인들은 바짝 긴장하여 전면을 주시했다.

저 앞쪽에서 뿌연 돌풍이 휘몰아쳤다.

바위와 모래가 사방으로 날려가고 시커먼 인영들이 나타났다.

진을 허물어뜨리고 방책을 부수며 난입하는 그들.

선두에는 상상치도 못할 거인이 흉광을 번뜩이고 있었다.

그 뒤로 팔다리가 없는 노인들과 칙칙한 살기를 흘리는 죽립 차림의 복면인들이 서 있었다.

그리고 복면인들 틈바구니에 한 소녀가 서 있었다.

까무잡잡한 피부에 흑백 뚜렷한 눈망울.

흑오였다.

동정호에서 묵자후와 헤어진 흑오가 무려 한 달 보름 만에 묵자후를 찾아온 것이었다.

하지만 마인들은 흑오를 못 알아봤다.

"저년은 뭐야?"

"클클, 어린 계집인데?"

"한입에 집어삼켜도 비린내조차 나지 않겠군."

몇 놈이 색기 어린 눈으로 음소를 터뜨렸다.

그러나 흑오의 눈동자가 그들을 향하는 순간, 그들은 더 이상 웃지 못했다.

번쩍!

흑오의 두 눈에서 붉은 광채가 뻗어 나오자 그들은 비명도 지르지 못하고 웃던 모습 그대로 숨을 거둬 버리고 만 것이었다.

"요, 요녀다!"

"저, 저런 찢어 죽일 년이?"

"정파의 앞잡이냐, 아니면 흑마련의 앞잡이냐?"

마인들은 분분히 욕을 내뱉으며 흑오를 노려봤다.

그때 광마가 앞으로 나섰다.

"모두 주둥이 다물어! 더 이상 입 벌리는 놈은 이마에 바람 구멍을 내버리겠다!"

광마가 도끼를 흔들며 폭갈을 터뜨렸다.

그 엄청난 목소리에 마인들이 귀를 틀어막으며 괴로워했다.

그때 누군가가 광마의 어깨를 툭툭 두드리며 말했다.

"이봐, 입이 좀 거칠고 행동이 난폭하긴 하지만 모두 우리 애들이야. 너무 윽박지르지 마."

기분 나쁘다는 듯 광마를 노려보는 사람.

키가 모자라 발가락을 세우다가 할 수 없이 고개까지 뒤로 젖힌 채 광마와 눈싸움을 벌이는 사람은 다름 아닌 흡혈시마였다.

예전엔 혈색 좋던 흡혈시마였으나 세월이 흐른 탓에 육십 노인으로 변해 버린 비대한 덩치.

"저 늙은이는 또 뭐야?"

"인상이 아주 더럽게 생겼는데?"

처음에 마인들은 그를 잘 못 알아봤다.

하지만 눈썰미 좋고 기억력 좋은 몇 사람이 기어코 그의 정체를 알아차렸다.

"서, 설마… 흡혈… 아니, 사공 호법님?"

"흡혈? 사공 호법? 그게 무슨 말……? 히엑? 서, 설마 인육을 즐기신다는 흡혈시마 사공 호법님?"

“맙소사! 정말 사공 호법님이야!”

“그, 그럼 저 뒤에 계신 분들은?”

“으허헝! 모 장로님! 음풍마제 모 장로님!”

“오오! 무풍수라! 무풍수라 육 호법님?”

“그래그래, 이쁜 내 새끼들. 어허허허헝!”

“이놈들이 나는 왜 맨 나중에 알아봐?”

“모두… 살아 있었구나!”

그때부터 장내에 한바탕 난리가 났다.

세 사람을 보고 눈물을 글썽이던 마인들이 일제히 달려와 세 사람 품에 안기거나 옆 사람을 끌어안고 모두 감격에 몸을 떨기 시작한 것이었다.

서로 울고 웃으며 모래바닥을 뒹구는 그들.

흑오는 의기소침한 표정으로 주위를 둘러봤다.

천신만고 끝에 이 사막까지 달려왔는데 그의 모습이 보이지 않아서였다.

그러다가 흑오의 눈망울이 파르르 경련을 일으키기 시작했다.

저 무너져 버린 성곽.

장엄한 노을이 내려앉은 그 성곽에서 뿌연 모래바람을 맞으며 그가 걸어오고 있었기 때문이다.

‘아아……!’

흑오의 눈에 투명한 물기가 어렸다.

작은 손으로 눈물을 훔치며 크게 심호흡을 했다.

뭐라고 외칠까?

후아라고 외칠까? 아니면 지존이라고 외칠까?

아무래도 상관없어.

저들처럼 소리치며 달려가 마음껏 안길 거야!

뛰는 가슴을 억누르며 묵자후에게 달려가려던 흑오.

"캇!"

갑자기 걸음을 멈추더니 두 눈에 새파란 살기를 띠기 시작했다.

'크르르… 저 계집은 누구지?'

묵자후 옆에 서서 환하게 웃고 있는 여인.

질투 어린 흑오의 눈빛이 그녀를 향하고 있었다.

〈제5권 끝〉